KB078307

박선우 장편소설

FUSION FANTASTIC STORY

기적의
환생

MIRACLE LIFE

기적의 환생 12

박선우 장편소설

초판 1쇄 찍은 날 § 2019년 4월 25일
초판 1쇄 펴낸 날 § 2019년 5월 2일

지은이 § 박선우
펴낸이 § 서경석

총괄팀장 § 최하나
편집책임 § 김대용
편집 § 김경민

펴낸곳 § 도서출판 청어람
등록번호 § 제387-1999-000006호
등록일자 § 1999. 5. 31
어람번호 § 제1-3017호

주소 § 경기도 부천시 부일로 483번길 40 서경B/D 3F (우) 14640
전화 § 032-656-4452 팩스 § 032-656-4453
http://www.chungeoram.com
E-mail § chungeorambook@daum.net

ⓒ 박선우, 2018

ISBN 979-11-04-91979-4 04810
ISBN 979-11-04-91763-9 (세트)

박선우 장편소설

FUSION FANTASTIC STORY

기적의 환생

MIRACLE LIFE

12

청어람

기적의 환생

MIRACLE LIFE

CONTENTS

제53장
지옥 II

　대한정의당 이호영 의원에 의해 상정된 금산분리법과 재벌의 편법증여방지법을 심의하기 위해 재경상임위가 소집되자 국회는 싸늘한 긴장감이 맴돌기 시작했다.

　과거 집권당이던 제1야당과 재벌이 총수로 있던 당은 재벌개혁에 대해서 강력하게 반발하고 있었는데, 만약 본회의에 상정된다면 강력 투쟁도 불사하겠다고 엄포를 놨기 때문이다.

　재경상임위의 간사를 맡은 정호성은 새로 제1야당의 사무총장에 오른 이택근의 오른팔로서, 상정된 법안이 본회의에 오르지 못하도록 막으라는 지시를 받고 회의장으로 들어섰다.

당연히 쪽수가 부족했기 때문에 본회의에 오르는 걸 막기 어렵겠지만, 어떻게 해서라도 당 차원에서 투쟁 준비를 갖출 때까지 막아보라는 지시였다.

재경상임위의 인원은 총 32명으로 집권당과 대한정의당이 18석이었고, 나머지가 14석을 차지하고 있었기 때문에 인원수로는 상대가 안 되는 실정이었다.

그럼에도 정호성은 당당한 걸음으로 회의장에 들어섰다.

인원수가 부족해도 상관없었다.

정치가 언제부터 인원수로 사안을 처리한 적이 있단 말인가.

위원장의 회의 개시 선언에 이어 법을 상정한 이호영의 기조 발언이 시작되려는 순간, 정호성의 눈짓을 받은 여훈구가 손을 번쩍 들었다.

"위원장님, 설명을 듣기 전에 한 말씀 드리겠습니다. 위원장님께서도 잘 알고 계시겠지만, 이 법은 특정 개인의 원한에 의해 발의되었다는 의심을 받고 있습니다. 저는 이런 법안이 국회상임위에 상정되었다는 것 자체가 불쾌하고 안타깝습니다. 국회의원은 국가와 국민을 위해 일하는 사람이지, 개인적인 원한 때문에 되지도 않은 이유를 들어 법안을 상정해서는 안 됩니다. 저는 이 법안 상정 자체를 무효화해야 된다고 생각합니다."

"맞습니다. 이호영 의원의 아들이 비리를 저질러 대기업에서 불명예스럽게 퇴사했다는 건 여의도가 다 아는 사실입니다. 이런 사람이 재벌 개혁 운운한다는 게 말이 됩니까!"

여훈구에 이어 김병수까지 들고일어나자 마치 기다렸다는 듯 제1야당과 국민당의 의원들이 동조하면서 고함을 질러댔다.

그러자 대한정의당 소속의 위원장 하연웅이 탁자를 두들겨 소란을 잠재우기 위해 노력했다.

하지만 작정한 듯 반대에 나선 의원들의 소란이 멈추지 않자 그는 의자에 몸을 기대고 느긋하게 그들이 하는 짓을 지켜봤다.

그것은 집권당과 대한정의당 소속 의원들도 마찬가지였다.

숫자에서 압도적으로 많았으나 그들은 누구도 입을 열지 않고 상대가 하는 짓을 그냥 지켜보기만 했다.

그때 문이 열리며 일단의 기자들이 들어오기 시작했다.

기자들은 들어오자마자 제1야당이 주축이 된 반대파 의원들의 행동을 촬영했는데, 한꺼번에 카메라 플래시를 터뜨렸기 때문에 별빛이 반짝이는 것 같았다.

"당신들, 뭐야!"

소란을 시작한 김병수가 팔로 얼굴을 가리며 소리를 지르자, 소란을 떨던 의원들이 동시에 자리에 앉으며 기자들을 바라봤다.

답변이 나온 곳은 기자들이 아니라 상임위원장인 하연웅으로부터였다.

"제가 불렀습니다."

"위원장이 무슨 권한으로 중요한 법률을 처리하는 상임위에 기자를 부른단 말입니까!"

"오늘 법안 상정은 국민들의 절대적인 관심을 받고 있는 사안입니다. 그래서 불렀습니다. 뭐가 잘못됐습니까?"

"아무리 그래도 그렇지, 사전 협의도 없이 기자를 부르는 건 월권행위 아닙니까? 이러는 법이 어디 있소?"

"월권이라고요? 위원장인 저에게는 그런 권한이 있습니다. 잘 아실 텐데요?"

"으……."

"자자, 이젠 조용히 하시고, 기자들도 오셨으니까 이제 회의를 시작합시다. 이호영 의원, 법률 상정에 대한 모든 발언을 해주세요."

당했다.

전혀 예상치 못한 기자들의 출현은 아예 회의를 진행 못 하게 막고자 한 그들의 행동을 순식간에 잠재우고 말았다.

반대파 의원들에게는 기자들이 들이밀고 있는 카메라가 M—16 자동소총으로 느껴졌을 것이다.

당의 명령도 중요하지만, 회의조차 진행하지 못하도록 막는 자신의 얼굴이 내일 아침 신문에 대문짝만 하게 나오는 것은 피하고 싶은 일이다.

지금 국민의 여론은 재벌 개혁에 대해 절대 찬성이었기 때문에 자칫하면 재벌의 주구 노릇을 하는 의원으로 낙인찍힐 가능성이 컸다.

그랬기 때문인지 밀명을 받고 온 정호성을 비롯해 나머지 반대파 의원들은 소란을 멈추고 이호영의 설명을 들었다.

그러나 일국의 국회의원은 고스톱을 쳐서 딴 것이 아니다.

이호영의 설명이 끝나자 발언권을 얻어낸 정호성이 점잖게 마이크를 자신의 앞으로 끌어당겼다.

"존경하는 이호성 의원님의 법률 상정 설명은 잘 들었습니다. 하지만 본 의원은 동료 의원들이 말씀하신 것처럼 법률 상정에 있어 이호성 의원의 개인적인 원한이 깔려 있다는 점에 대해 안타까움을 느끼고 있다는 걸 먼저 말씀드립니다. 그러나 그런 것을 차치하더라도 본 의원과 저희 당이 금산분리법과 편법증여방지법을 반대하는 것은 우리나라 경제가 처한 현실이 그로 인해 엄청난 타격을 받을 것이라는 우려 때문입니다. 대한민국은 현재 재벌 그룹사의 희생과 노력으로 이렇게 발전해 왔습니다. 비록 지금은 외환위기라는 절체절명의 어려움에 빠져 있지만, 이 위기 역시 재벌 그룹을 중심으로 헤쳐 나가야 하는 중차대한 시기라는 것을 간과해서는 안 됩니다. 금산분리법과 편법증여방지법이 필요하다는 건 인정합니다. 하지만 모든 일은 시기를 봐가며 추진해야 되는 것 아니겠습니까. 국가가 누란의 위기에 처한 지금, 개인의 원한으로 인해 이런 중요한 법률이 처리된다는 건 있을 수 없는 일이라고 생각합니다."

미리 생각하고 준비해 온 말이었고, 지금까지 제1야당에서 마련한 전략이기도 했다.

국가가 위기에 처한 지금 섣불리 재벌 개혁 카드를 꺼내 들어 경제를 끝없는 나락으로 떨어뜨리면 안 된다는 논리였다.

한편으로는 허무맹랑한 말도 아니었다.

외환위기의 로켓포에 맞아 추락하고 있는 한국 경제가 재벌 개혁이란 미사일까지 맞게 되면 어떤 일이 벌어질지 모를 일이다.

지금까지 잠자코 있던 대한정의당의 의원들이 십자포화를 퍼붓기 시작한 것은 정호성의 발언이 끝나고 난 후부터였다.

그 선두에 선 것이 재벌 저격수로 명성이 자자한 김기철 의원이었다.

"지금의 국가 위기를 눈으로 보시면서 그런 소리를 한단 말입니까. 외환위기를 만들어낸 것은 집권당으로서 재벌들의 불법 증여와 방만한 경영을 방관한 당신들의 잘못으로 인해 발생한 겁니다. 이호성 의원의 아들이 비리를 저질러서 불명예스럽게 퇴사했다는 건 누구나 알고 있는 모함입니다. 지금 재벌 그룹들이 구조 조정을 명분 삼아 무고한 수많은 직원을 가차 없이 잘라내는 것을 눈으로 보고도 그런 소리가 나옵니까? 재벌들은 오로지 자신들의 안위를 위해 능력도 없는 후계자들을 내세워 지금까지 대한민국 경제를 엉망으로 만들었습니다. 도대체 나는 당신들이 재벌 개혁을 반대하는 이유를 모르겠습니다. 재벌들이 자식들에게 재산을 물려줄 때 제대로 세금을 내야 된다는 걸 왜 반대하는 겁니까? 모든 국민이 증여를 할 때 세금을 냅니다. 재벌들은 대한민국 국민이 아니고 어디 별나라에 사는 외계인이란 말입니까? 나는 당신들이 재벌들을 옹호하는 것이 다른 이유 때문이 아닌가 하는 의문이 듭니다. 정신들 좀 차리십시오. 왜 개인적인 욕심으로 인해 나라의 정의를 망치려 드는 거요. 나라 꼴을 보란 말이오. 이게 정상적인 나랍니까? 망가진 국가의 정의를 다시 찾자는 게 당신들에게는 그렇게 힘든 일입니까?"

*   *   *

금산분리법과 편법증여방지법이 본회의에 상정된 것은 최강철의 시합이 벌어지기 일주일 전인 3월 5일이었다.

기자들이 보는 앞에서 상임위를 통과한 두 개의 법안은 본회의에 상정된 후 2일 동안 처리되지 못했는데, 제1야당의 점거 농성이 원인이었다.

그들은 필사적이었다.

지금 재벌 개혁을 할 경우 국가경제가 돌이킬 수 없는 상황으로 몰린다며 절대 통과시킬 수 없다는 게 그들의 주장이었다.

참으로 어이없는 일이었다.

똥 싼 놈이 성질낸다더니 꼭 그 짝이었다.

IMF 외환위기를 초래해 놓고 이제 와서 국가경제를 걱정한다며 목소리를 높이고 있으니 성질 같아서는 전부 보따리에 싸서 한강 물에 던지고 싶은 심정이었다.

민주주의 국회는 다수결의 원칙에 의해 운영되어야 하지만, 대한민국 국회는 개원 이래 지금까지 그런 적이 한 번도 없었다.

군사 독재 정치에 맞서 불의와 싸우다 보니 그렇게 된 점도 있었지만, 독재가 끝난 후에도 정당의 이익에 따라 파행을 밥 먹듯 해왔기 때문이다.

대한정의당의 반대로 2일이란 시간을 허송세월했다.

재벌 개혁의 필요성을 강조한 대통령의 지시로 인해 이번 법안은 적극적인 집권당의 힘으로 밀어붙이자고 제안했지만,

대한정의당이 그것을 반대했기 때문이다.

민주주의 절차에 따라 법안을 통과시켜야 한다는 정우석과 대한정의당의 곧은 의지가 꺾인 것은 대통령의 은밀한 지시를 받은 집권당이 더 이상 견디지 못하고 법안 처리를 강행하면서 발생했다.

제1야당과 국민당은 날치기라며 울부짖었으나, 두 개의 법안은 제적 과반수를 확보한 집권당과 대한정의당의 찬성으로 통과되면서 드디어 재벌 개혁의 신호탄이 쏘아졌다.

＊　　　　＊　　　　＊

"회장님, 금산분리법이 기어코 통과되었습니다. 제1야당이 결사코 반대했지만 집권당과 대한정의당이 밀어붙여 방금 통과되었답니다."

"음……."

"예상한 일이잖습니까. 지금 바로 프로젝트를 진행하겠습니다."

"은행들은 어때?"

"미리 입을 맞춰놓은 상태입니다. 그놈들도 자금 압박이 있지만, 우리 부탁을 거절할 수는 없습니다. 삼성에 돈을 빌려주지 않았을 때 발생하는 후환을 견디지 못할 테니까요."

"좋아, 마무리 잘해."

"내일부터 미리 보고드린 대로 7개의 계열사를 동원해서 매수 작업에 들어가겠습니다."

"물산이 지금 4%를 가지고 있지?"

"예, 회장님. 거기에 3%를 추가시킬 생각입니다. 나머지 계열사가 6%를 더 확보할 겁니다."

"그럼 내 지분까지 합하면 전부 21%구먼."

"계열사 지분을 전부 합하면 그렇게 됩니다. 바보 같은 놈들이 헛짓거리를 한 것이죠."

경영본부장 최윤택이 가소롭다는 듯이 웃자, 총수의 얼굴에도 비웃음이 떠올랐다.

아무리 지랄해 봤자 돈을 가진 자를 이기지 못한다는 진리를 정치하는 놈들은 아직도 모르는 모양이다.

한참을 웃던 최윤택이 슬그머니 웃음을 지운 것은 총수가 여유롭게 커피를 한 모금 마셨을 때다.

"그런데 회장님, 마이다스 CKC가 전자 주식을 5%나 확보했고, 동조 세력으로 의심되는 놈들이 확보한 것도 6%를 넘어섰습니다."

"벌써 11%나 쓸어 담았단 말이냐?"

"그렇습니다."

"음, 그렇다면 이 새끼들이 진짜 전자를 넘본단 거야?"

"아무래도 걱정이 됩니다. 아직 여유는 있지만 안심하려면 우리 쪽도 최소 5%는 더 확보해야 될 것 같습니다."

"마지노선이 4% 남았구먼."

"회장님, 기다릴 새가 없습니다. 빨리 움직이셔야 합니다."

"알고 있어. 이미 준비해 놨으니까 걱정하지 마."

"그렇습니까?"

의외의 대답에 경영본부장의 표정이 환하게 밝아졌다.

누구보다 눈치가 빠르고 회장의 의중에 대해서 잘 아는 사람이 그였다.

보름 전 회장에게 보고를 한 후 돌아 나오며 많은 후회를 했다.

회장은 무서운 사람이었다.

전자를 살려야 한다는 생각에 직언을 했지만, 회장이 가진 현금을 주식 매수에 쓰라고 직언한 것은 참형을 당해도 할 말이 없는 미친 짓이었다.

그도 지금의 상황을 너무나 잘 알고 있었다.

전자는 물론이고 삼성 계열사 전부가 매출이 급감하면서 엄청난 손실이 발생하고 있는 중이었다.

그런 마당에 가지고 있는 재산을 전부 내놓으라고 했으니 회장의 입장에서 봤을 땐 자신이 미친놈으로 보였을 것이다.

그런데 막상 회장이 자신의 뜻에 따라 현금을 준비했다고 말하자 감격이 온몸을 적셨다.

역시 자신은 회장의 오른팔이자 충신이었다.

자신의 직언을 이렇게 두말없이 받아주는 총수를 위해서라면 무슨 일이라도 할 수 있을 것이다.

*　　　*　　　*

상업은행장 한명호는 외환위기가 발생한 이후 밤잠을 설치며 스트레스를 받고 있었다.

자금이 위태로운 실정이었고, 저축을 독려하기 위해 직원들을 닦달하면서 하루하루를 가시방석에서 살았다.

정부의 지시로 인해 재벌 그룹에 무분별하게 융자를 해준 것이 화근이 되어 은행 잔고는 위태위태한 상황이었다.

그때 기적이 발생했다.

하느님이 도와주셨는지 정말 기적처럼 하늘에서 막대한 자금이 은행으로 들어온 것이다.

무려 1조에 달하는 천문학적인 금액이었다.

버선발로 달려 나가 저축을 해준 주인에게 허리가 땅바닥에 닿을 정도로 절을 하면서 굽실거렸다.

그래도 된다.

이런 위기 상황에서 목숨을 살려준 은인에게 은행장이란

체통을 지킨다는 것은, 저 죽을지 모르고 팔짝팔짝 뛰는 하룻강아지의 행동과 다름없는 짓이다.

그가 죽으라면 죽는 시늉도 할 수 있다.

체통과 체면은 다른 곳에서도 충분히 만회할 수 있으니 그를 위해서라면 무슨 짓이라도 할 수 있었다.

삼성의 실세 경영본부장에게 오랜만에 고개를 빳빳하게 세운 채 큰소리를 친 것은 거액이 자신의 수중에 들어왔기 때문이다.

이 얼마나 통쾌한 일이란 말인가.

삼성이란 공룡은 은행장인 자신조차 멱살을 잡고 흔들 수 있는 권세를 가지고 있었는데, 외환위기가 오자 그들의 태도가 180도로 변했다.

여유가 생기자 세상의 온갖 비명이 남의 나라 이야기처럼 들렸다.

사는 게 다 이렇다.

남들은 다 죽는다고 비명을 지르는데 뒷배가 든든해지자 마음 놓고 골프 약속을 할 수 있었다.

그가 한 통의 전화를 받은 것은 주요 간부들과 함께 일식집에서 점심을 먹고 들어왔을 때다.

"여보세요?"

—안녕하십니까, 행장님. 저 신규성이올시다.

"아이고, 사장님. 어인 일로 전화를 다 주셨습니까?"

넥타이를 슬쩍 풀어놓고 소파에 편안히 앉아 있던 한명호의 얼굴색이 단박에 하얗게 변했다.

자신의 목숨 줄을 쥐고 있는 남자.

전화에서 들려온 그의 목소리가 마치 하나님의 음성처럼 들렸다.

—행장님, 오늘 저녁에 만나 뵙고 싶은데요. 시간이 되실는지 모르겠습니다.

"되다마다요. 사장님이 부르시면 있던 약속도 취소하고 달려가야죠. 그러잖아도 제가 꼭 저녁을 대접하고 싶었습니다."

—그런가요. 그렇다면 이따 7시에 천향에서 기다리겠습니다.

*　　　　*　　　　*

최강철의 경기가 다가오면서 대한민국은 긴장 속으로 빠져들었다.

IMF 외환위기로 인해 수많은 사람이 고통과 슬픔 속에서 시간을 보내고 있었지만, 그럼에도 국민들은 최강철의 경기를 간절한 마음으로 기다렸다.

희망이다.

비록 국가의 경제가 파탄에 이르러 전 세계로부터 씻을 수 없는 수모와 치욕을 당했으나, 최강철의 건재함은 국민들의 가슴속에 한 줄기 빛처럼 희망으로 자리 잡고 있었다.

이번에도 최강철의 경기는 전 세계의 이목을 집중시켰다.

피넬 휘태커.

최강철이 떠난 웰터급을 휩쓸며 7차 방어전을 성공시킨 사나이.

세상에서 가장 빠르다는 평가를 받는 그의 스피드는 난공불락의 아성을 구축하며 도전자들을 추풍낙엽처럼 쓰러뜨렸다.

38전 38승 17KO승.

7번의 방어전에서 KO승은 단 2번밖에 없었으나, 나머지 경기도 관중들을 감탄시킬 만큼 완벽한 승리였다.

도전자들은 압도적인 스피드를 견디지 못하고 그의 그림자만 쫓다가 무력하게 패배를 기록하며 링을 떠났다.

단순히 스피드만 뛰어난 것이 아니었다.

그의 테크닉은 레너드에 버금갈 정도라는 평가를 받았는데, 아웃복싱을 하다가 기회를 잡으면 폭풍처럼 상대를 처리하는 인파이팅 능력도 세계 최고 수준이었다.

경기가 다가오는 동안 전문가들의 평가는 수시로 바뀌었다.

슈퍼웰터급에서 경기를 치르던 최강철이 다시 체중 조절을 하여 웰터급으로 내려온다는 핸디캡이 변수였고, 과연 지상 최강이라는 휘태커의 스피드를 잡을 수 있느냐는 것이 논란의 주 내용이었다.

언제나 그렇듯 최강철의 경기는 압도적인 평가가 한 번도 없었다.

그만큼 상대한 선수들이 세계 최고 레벨을 자랑하는 무적의 전사들이었기 때문이다.

*   *   *

경기 3일 전.

최강철은 훈련을 마치고 이성일과 함께 저녁을 먹은 후 허드슨강의 산책로를 따라 천천히 거닐었다.

종일 훈련에 지친 몸을 이완시키고 여유로운 마음으로 내일을 대비하기 위함이다.

이번 시합을 위해서 최강철은 4개월간 혹독한 훈련을 해왔다.

다른 어떤 경기보다 중요했다.

외환위기로 고통받는 국민들의 모습이 수시로 텔레비전 화면을 통해 나올 때마다 이 경기를 반드시 이겨야 한다고 다짐했다.

바보 같은 사람들.

대한민국 국민들은 왜 그리 순진하고 바보처럼 착한 것일까.

그렇게 고통받으면서도 그들은 자신의 승리를 기원하며 한마음으로 응원의 메시지를 보내고 있었다.

그 마음을 안다.

누군가에게 의지하고 싶은 마음.

자신은 그들에게 어쩌면 마지막 희망이었고, 미래를 밝혀줄 한 줄기 빛과 같은 존재일지 모른다.

강가에 찬란하게 빛나는 조명을 보면서 걸어가는 동안 산책을 나온 사람들의 웃음소리가 귓가에 울려 퍼졌다.

행복한 모습.

미국 최대의 도시 뉴욕의 시민들은 풍요롭고 안락한 삶의 행복을 느끼며 이처럼 밝은 웃음을 흘려내고 있었다.

그 모습이 부럽다.

대한민국 국민도 이들처럼 환한 웃음을 지으며 살 수 있다면 얼마나 좋을까.

잘못된 사회구조, 국민을 등쳐먹는 정치인과 재벌, 썩어빠진 공무원과 있는 자들의 갑질이 판치는 세상.

나는 그러한 모든 것을 산산이 부수고 싶다.

"야, 무슨 일 있어?"

오늘따라 자신의 옆을 따라 걷고 있는 이성일의 얼굴이 어둠에 잠겨 있다.

놈은 산책할 때마다 실없는 농담으로 그를 웃겼는데 오늘은 아예 입을 꾹 닫은 채 침묵을 지키는 중이다.

"말해, 답답하게 하지 말고. 무슨 일이냐?"

"휴우, 강철아, 나 큰일 났다."

"왜?"

"아버지가 하시던 사업이 부도를 맞았단다. 형도 그러더니……"

"언제?"

"어제 최종 부도 처리됐나 봐."

어쩐지 며칠 전부터 안절부절못한다고 했다.

의류업을 하던 형의 사업이 망한 것은 한 달 전이었지만, 그때까지만 해도 이성일은 씩씩한 모습을 보였다.

비록 형한테 들어간 돈이 꽤 있었으나 그 정도는 감당할 수준이었기 때문이다.

하지만 아버지의 사업은 다르다.

전자회사에서 평생을 근무하던 아버지가 은퇴한 후 텔레비전 부품 공장을 차린 것은 5년 전의 일이다.

성실하던 아버지는 이성일이 번 돈을 밑천으로 사업을 시작했는데, 그동안 공장을 확장하며 괜찮은 수익을 올렸다.

"한 푼도 못 건진 거냐?"

"아버지 집도 날아갔단다. 이것 참, 외환위기가 무섭긴 무섭네."

"설마 네 집도 잡힌 건 아니지?"

"집은 괜찮아. 돈이 다 날아가서 그렇지. 참 나, 인생 한순간에 쪽박 찬다더니 딱 그 짝이다. 내가 산 주식은 휴지 조각으로 변했고, 투자한 돈은 전부 날아갔으니 난 이제 거지가 되었어."

"젊은 놈이 별소릴 다 하고 있네. 이 자식아, 돈은 또 벌면 되는 거야."

"그랬으면 좋겠다. 그러니까 이번 시합 꼭 이겨. 난 이제 실업자 되면 진짜 죽어."

"걱정하지 마라. 내가 무슨 일이 있어도 네가 떵떵거리며 살게 해 줄 테니까."

"강철아, 이번 대전료에서 먼저 가불 좀 해주면 안 되겠니? 우리 딸 분유값도 없다고 마누라가 징징댄다. 아, 쪽팔려서 죽을 지경이야."

"이 미친놈이!"

＊　　　　＊　　　　＊

삼성그룹의 경영본부장 최윤택이 상업은행에 들이닥친 건 직원들이 퇴근하기 위해 몰려나올 때였다.

불안이 엄습해 왔다.

몇 번이나 전화했지만 은행장 한명호는 자신의 전화를 받지 않았다.

평소 같았다면 정말 바쁜 일로 전화를 받지 못했다 해도 즉각 다시 전화가 왔을 텐데, 이번에는 아예 연락조차 없었다.

주거래 은행인 상업은행은 삼성으로 인해 탄탄한 자금력을 확보하며 성장해 왔는데, 이런 행동을 한다는 것은 뭔가 문제가 생겼다는 걸 의미했다.

곧장 12층 은행장실로 직행했다.

만약 자신을 피하는 것이 맞다면, 굳이 연락을 해서 피할 시간을 줄 이유가 없었다.

엘리베이터에서 내려 행장실로 들어서자 행장 비서가 놀라는 모습이 눈에 들어왔다.

그녀는 워낙 여러 번 그를 봤기 때문에 자신이 찾아올 때마다 반갑게 맞이하곤 했다.

그런데 이번에는 불청객을 맞이하는 것처럼 당황함을 숨기지 못했다.

"행장님 계십니까?"

"아, 그게……."

"있는 거 알고 왔습니다."

"본부장님, 먼저 말씀을 드려보겠습니다. 잠시만 기다려 주세요."

최윤택이 거침없이 행장실로 들어가려 하자, 비서가 그의 앞을 가로막으며 울 듯한 표정을 지었다.

'이런 씨발! 이것들이 정말……'

비서가 사라지는 것을 보며 최윤택은 잡아먹을 듯 그녀의 뒷모습을 노려봤다.

도저히 이해가 되지 않는다.

감히 삼성의 실세이자 자금의 출납을 전담하고 있는 자신을 이렇게 홀대할 줄은 상상조차 하지 못했다.

잠시 기다리자 비서가 나와 행장이 기다린다며 들어가라고 말했다.

찬바람이 돌 정도로 그녀를 바라본 후 행장실로 향했다.

당황한 모습.

자신을 맞이하는 은행장 한명호의 얼굴은 마치 빚쟁이를 맞이하는 것처럼 어지럽게 흔들리고 있었다.

"행장님, 오랜만입니다."

"어서 오세요. 본부장님이 여기까지 웬일입니까?"

"몰라서 하시는 말씀은 아니겠지요?"

자리에 앉은 최윤택은 한명호를 바라보며 불쾌감을 숨기지 않았다.

그러나 한명호도 강호에서 온갖 풍파를 겪으며 살아온 노련한 늑대였다.

"갑자기 찾아오셨는데 제가 그걸 어떻게 알겠습니까. 먼저 차를 내올 테니 천천히 마시면서 이야기하시죠."

"차는 필요 없습니다. 지금 제가 그렇게 한가하지 않습니다."

"허허, 그런가요. 그렇다면 이야기부터 할까요?"

"단도직입적으로 말씀드리겠습니다. 저번에 말씀드린 융자, 진행 상황이 어떻게 돼가고 있습니까?"

"무슨 융자 말입니까?"

오리발을 내미는 한명호의 대답에 최윤택은 쓴웃음을 지었다.

불안한 예감은 언제나 틀리는 법이 없다.

"무슨 일이 생긴 거군요? 그렇죠?"

"일이야 언제나 생기는 거 아닙니까. 본부장님께서는 마치 우리 은행에 돈이라도 맡겨놓은 것처럼 말씀하시는데 조금 듣기가 거북합니다."

"행장님!"

"나는 본부장님께 융자를 해드리겠다는 약속을 한 적이 없습니다. 혹시 긍정적으로 검토해 보겠다고 한 말을 오해하신

거 아닌가요?"

"이유가 뭡니까?"

최윤택은 한명호를 쏘아보며 가래 끓는 목소리로 물었다.

누구보다 머리 회전이 빠른 그가 한명호의 말이 무엇을 뜻하는지 모를 리가 없다.

삼성의 핵심 브레인이자 은행에겐 사신처럼 통하는 최윤택의 분노.

평상시라면 그의 눈빛에 꼬랑지를 말았겠지만, 한명호는 전혀 동요치 않고 그의 시선을 바라보고 있었다.

"잘 아시는 것처럼 외환위기로 인해 은행의 수신고가 바닥을 기고 있습니다. 그럼에도 삼성의 부탁이기에 긍정적으로 검토하겠다고 한 것입니다. 하나 지금 우리 은행 사정이 녹록지 않습니다. 한국은행에 구조 신호를 보내야 할 만큼 절박하단 말입니다. 이런 상황에서 그런 거액을 어떻게 해드릴 수 있겠습니까?"

"정말 그 이유 때문입니까?"

"내가 왜 거짓말을 하겠소."

"물은 내가 바보군요. 무슨 뜻인지 알겠습니다. 삼성을 상대로 행장님이 그렇게 나올 때는 뭔가 이유가 있을 테지요. 그 이유는 우리가 알아보죠. 바쁜데 괜히 찾아온 것 같군요."

"이거 미안하게 되었습니다."

"미안하다고요. 행장님, 절대 미안해하지 마십시오. 이 선택이 누구의 결정인지 모르겠으나, 당신들은 앞으로 두고두고 이 결정을 후회하게 될 테니 말입니다."

*   *   *

주거래 은행인 상업은행을 비롯해서 시중의 5대 은행이 전부 융자를 거절하자 최윤택은 몸을 와들와들 떨어댔다.

한명호에게 큰소리를 치면서 나올 수 있던 건 나머지 은행에서 융자를 받을 수 있다는 자신감 때문이었다.

비록 선대의 인연 때문에 상업은행을 주거래 은행으로 삼았으나 언제든지 주거래 은행은 바꿀 수 있었다.

시중을 장악하고 있는 은행들은 삼성과 인연을 맺기 위해서 그동안 수많은 러브콜을 보내며 꼬리를 흔들어댔다.

삼성그룹에서 나오는 돈만 확보한다면 은행의 서열이 바뀔 정도였으니 그들이 안달을 부리는 건 당연한 일이었다.

그런 그들이 동시에 융자를 거부하자 최윤택은 거대한 어둠이 자신의 몸을 압박하는 착각에 사로잡혔다.

아무리 외환위기라 해도 삼성의 신용도를 봤을 때 은행은 달러 빚이라도 내서 융자를 해줘야 하는 실정이었으나, 모두 약속이나 한 듯 이렇게 등을 돌렸다는 건 거대한 힘이 작동했다는 걸 의미한다.

제일 먼저 떠오르는 건 권력의 힘이었다.

현재 권좌에 올라 있는 대통령은 재벌에 대한 거부감이 상당했기에 그가 움직였을 가능성이 컸다.

하지만 곰곰이 생각해 보자 이상하다는 생각이 들었다.

아무리 대통령이 재벌에 대해 거부감을 가졌다 해도 이런 비상 시기에 기업의 돈줄을 쥔다는 것은 결코 있을 수 없는 일이기 때문이다.

그랬기에 그는 국내 최강이라는 경영 정보 팀을 총동원해서 그 이유를 파기 시작했다.

정부는 물론이고 언론과 학계, 공무원 등 그들의 손이 닿지 않는 곳이 없었기에 그동안 웬만한 정보는 하루 만에 파악될 정도였다. 그러나 이번 건은 냄새만 풍길 뿐 쉽게 그 뿌리가 잡히지 않았다.

그럼에도 경영 정보 팀의 막강한 인맥은 기어코 은행의 고위층을 압박해서 그 이유를 알아내는 데 성공했다.

최윤택의 얼굴이 벌겋게 변한 것은 융자 거부의 배경에 마이다스 CKC가 존재하고 있다는 걸 확인한 후부터였다.

몸이 사시나무 떨리듯 떨렸다.

자신의 예감이 현실로 다가오자 삼성의 몰락이 눈앞에 환히 펼쳐지는 것 같았다.

보고서를 작성해 부랴부랴 회장실로 뛰어 들어가자 소파에 앉아 음악을 듣고 있는 회장의 모습이 보였다.

묵직한 분위기.

침을 꿀꺽 삼키며 서두르던 발걸음을 천천히 늦췄다.

직감으로 알 수 있었다. 회장은 이미 이 사실을 알고 있다는 것을.

회장에게는 비선 라인이 존재했고, 그 비선 라인이 그림자 속에서 그룹의 전반적인 상황을 회장에게 보고한다는 걸 안 건 불과 얼마 전의 일이다.

"왔으면 앉지, 왜 그러고 서 있어? 앉아."

"예, 회장님."

"모든 융자를 거부당했다면서?"

"예."

"자네 생각에는 마이다스 CKC가 왜 그런다고 생각하나?"

예상한 대로 회장은 돌아가는 사정을 이미 알고 있었다.

그랬기에 최윤택은 잠시 뜸을 들이다가 천천히 입을 열었다.

이것 또한 시험이다.

"전자를 먹을 생각인 것 같습니다. 그러지 않고는 이런 짓을 벌일 수 없습니다."

"대책은?"

"지금으로서는… 뾰족한 방법이 없습니다."

"말해봐. 괜찮아."

"저는 차마 말씀드리지 못하겠습니다. 용서해 주십시오."

똑, 똑, 똑.

최윤택의 대답에 회장의 손가락이 탁자 위에서 움직였다.

그의 말이 무슨 뜻인지 안다는 뜻이다.

한참 동안 침묵을 지키던 회장의 입이 열린 것은 최윤택이 긴장감을 참지 못하고 몸을 움찔거릴 때였다.

"전자의 경영권을 유지하려면 나와 우리 일가가 지닌 그룹 계열사의 지분을 전부 처분하고 내가 보유한 현금을 동원하면 된다. 그렇지?"

"…회장님."

"전자를 살리고 나머지 계열사를 전부 포기해야 하는 거야. 아버지께서 물려주신 가업을 말이지. 이틀 전부터 잠도 자지 못하고 고민했네. 어떤 선택을 하는 것이 옳은 것인가 하고."

"회장님을 제대로 보필하지 못해서 이런 상황을 만들었습니다. 정말 죄송합니다."

"이봐, 아직 승부는 끝나지 않았어."

"무슨 말씀이신지……."

"우리가 확보하고 있는 언론을 전부 동원해서 외국 자본이 삼성전자를 노린다고 터뜨려. 그리고 정부 쪽에 회사와 국민의 이름으로 매일 탄원서를 올리도록 해. 죽을 때 죽더라도 끝까지 싸워봐야 되지 않겠어?"

제54장
벼락

김연경은 결혼한 후 꿈같이 행복한 삶을 살았다.

듬직한 남편, 그리고 사랑하는 딸.

남편은 1년에 한 번 벌어지는 최강철의 시합에 트레이너로 나서지만 한번 시합이 벌어질 때마다 정말 큰돈을 벌어왔다.

처음에는 믿지 않았다.

친구인 최강철은 슈퍼스타였지만 남편은 옆에서 일을 돕는 것에 불과했기 때문에 결혼하기 전에는 사는 것이 힘들지 모른다는 생각을 했다.

남편은 평상시에는 하는 일 없이 놀았기 때문에 그녀에게 잔소리를 많이 들었다.

복싱 체육관에서 윤 관장의 일을 도와준다고 했지만, 월급을 따로 받지 않았으니 백수나 다름이 없었다.

그럼에도 매번 큰소리를 쳤다.

자신은 최강철이 시합을 한 번 끝내면 커다란 돈을 번다는 것이었다.

언뜻 듣기로는 트레이너 비용으로 대전료의 3%를 받는다고 했는데, 이전 시합에서는 무려 10억에 가까운 돈이 통장으로 들어오는 걸 눈으로 직접 확인한 후부터 더 이상 잔소리를 할 수 없었다.

어떤 남자가 그 나이에 그런 돈을 벌 수 있단 말인가.

그때부터 남편을 믿고 딸을 키우며 행복한 나날을 보냈다.

남편은 그녀에게 거짓말을 하지 않는 사람이었다.

자신이 번 돈을 형과 시아버지에게 빌려줬다는 사실을 숨기지 않았고, 남은 돈을 주식에 투자했다는 말도 했다.

모든 것이 무너지는 건 정말 순식간의 일이었다.

외환위기가 한국을 덮친 후 순식간에 물거품으로 사라져 갔다.

행복은 불행으로 변했고, 가정의 평화는 순식간에 깨지고 말았다.

형은 사업이 망한 후 행방불명된 지 오래였고, 시부모님은 집까지 넘어갔기 때문에 그녀의 신혼집으로 모셔야 했다.

시아버지는 매일 술로 시간을 보냈는데 시어머니는 미안함 때문인지 청소와 빨래를 하며 그녀의 눈치를 봤다.

그러지 말라고 사정해도 소용이 없었다.

하루하루가 가시방석에 앉아 있는 것처럼 불안했고, 모든 것을 한꺼번에 잃었다는 상실감에 아이의 웃음이 눈으로 들어오지 않았다.

그럼에도 밝게 웃으려 노력했다.

지금은 힘들어도 남편만 돌아온다면 모든 것이 제자리를 찾을 것으로 생각하며 시부모님이 불편하지 않도록 최선을 다했다.

저녁을 차려서 시부모님이 드시게 만들어놓은 후에야 안방으로 들어가 딸과 마주한 후 텔레비전을 켰다.

여전히 같은 레퍼토리.

화면에선 외환위기 때문에 힘들어하는 사람들의 고통스러운 장면과 암울한 경제 상황이 펼쳐지고 있었다.

어린 딸들과 아내를 남겨놓고 한강에서 몸을 던진 가장의 사정을 들으며 눈물이 주르륵 흘렀다.

얼마나 힘들었으면 저런 선택을 했을까.

그리고 자신도 모르게 남편인 이성일의 얼굴이 떠올랐다.

착하고 성실했다. 누구보다 효심과 가족에 대한 사랑이 커서 바보처럼 번 돈을 전부 아버지와 형의 사업에 털어 넣었다.

거기다 주식까지 전부 엉망으로 변했으니 남편 역시 자살한 저 사람처럼 고통 속에 잠겨 있을 것이다.

그저 무사히 돌아와 주기만을 바랐다.

아직 우리는 젊으니까 남편이 힘을 내서 다시 그녀와 함께 열심히 살아주기를 간절히 바랐다.

띵동.

갑작스럽게 초인종 소리가 들린 것은 딸이 그만 먹겠다고 분유병을 손으로 밀어낼 때였다.

"누구세요?"

"남편분이 보내서 왔습니다. 잠시 문 좀 열어주시겠습니까?"

딸을 안고 부지런히 달려가 묻자 밖에서 정중한 대답이 들려왔다.

'남편이 보내?'

부쩍 의심이 들었다.

이성일은 지금 최강철의 경기 때문에 미국에 있으니 남편이 보냈다는 건 믿을 수 없는 말이었다.

하지만 그녀는 남편이 보냈다는 말에 걸쇠를 풀지 않은 채 문을 조금 열어 사람의 모습을 확인했다.

문틈을 통해 보인 남자는 혼자였는데, 멋들어진 양복을 받쳐 입은 40대 후반의 신사였다.

"무슨 일이세요?"

"잠시 들어가서 말씀드릴 수 있겠습니까? 중요한 일이라서요. 저는 보안업체 제우스의 사장 김도환이라고 합니다."

"아, 예."

행색이 불량했다면 들일 생각도 하지 않았을 것이다.

그리고 지금 그녀에게는 잃을 것이 거의 없는 상태였다.

더군다나 남편이 보냈다고 하니 무슨 일인가 너무나 궁금했다.

문을 열고 김도환을 안으로 들이자, 저녁을 모두 드신 시아버지께서 무슨 일이냐는 듯 바라보고 계셨다.

"누구요?"

"예, 어르신. 이성일 씨의 부탁을 받고 왔습니다."

"아, 그래요."

그냥 등을 돌리는 그의 모습이 처량해 보였다.

평소의 시아버지였다면 낯선 남자를 향해 꼬치꼬치 물었을 텐데 이미 패배 의식에 사로잡힌 그의 모습은 당신의 궁금증을 내놓지 못했다.

없는 살림이었지만 차를 내놓고 앞에 앉았다.

딸이 불편한 듯 칭얼거렸지만, 그녀는 불안감 때문에 딸을 꼭 끌어안고 있었다.

"늦었으니 본론만 잠시 말씀드리고 가겠습니다. 이성일 씨가 저에게 이걸 갖다 드리라고 하셨습니다."

"이게 뭐죠?"

"돈입니다. 제가 남편분께 빌린 돈이 있었습니다."

김도환이 가슴에서 통장을 꺼내 앞으로 내밀었다.

그러고는 액수를 확인하며 믿어지지 않은 듯 놀라는 김연경을 향해 부드럽게 말을 이었다.

"여기 명함이 있습니다. 아직 저는 남편분께 갚아야 할 돈이 아주 많습니다. 언제든지 연락을 주시면 즉시 달려올 테니 주저하지 마시고 전화해 주십시오."

"그… 말씀이 정말인가요?"

*　　　　*　　　　*

일식집 '하루'에 들어선 최윤택은 천천히 걸어서 VIP실로 향했다.

총수의 판단은 예리했다.

은행의 융자가 전부 막힌다면 삼성생명에서 내놓은 물량을 계열사가 받는다는 건 불가능에 가까운 일이었다.

매각 대금의 전용이 불가능하기 때문이다.

지금 은행에서는 자금을 회수하기 위해 혈안이 되어 있는 상태였기에 삼성생명에서는 전자의 매각 대금을 계열사로 전환하는 게 불가능한 상황이었다.

그 말은 총수가 나서지 않는다면 삼성전자의 소유권이 마이다스 CKC로 넘어가는 걸 막을 수 없다는 뜻이 된다.

지금으로서는 총수의 의중을 알 수 없었다.

과연 총수는 어떤 선택을 할 것인가.

만약 그가 계열사의 지분을 전부 처분하고 지닌 현금을 전부 쏟아붓는다면 삼성전자의 경영권을 방어할 수 있을 테지만, 그가 어떤 선택을 할지는 전혀 감이 잡히지 않았다.

그럼에도 그는 삼성과 밀접한 관계를 유지하고 있는 언론인들을 만나느라 정신없이 시간을 보냈다.

손을 안 대고 코를 풀 수 있다면 무슨 짓이라도 할 수 있었다.

총수의 말대로 애국심에 기대어 마이다스 CKC의 공격을 막아낼 수 있다면 그것보다 더 좋은 방법은 없을 것이다.

"제가 조금 늦었습니다."

"아닙니다. 저희도 금방 왔습니다."

VIP실로 들어서자 2명의 사내가 자리에서 일어났다.

한 명은 정도일보의 편집국장 민영환이었고, 또 하나는 세계경제일보의 주간을 맡고 있는 장영팔이었다.

악수를 하고 자리에 앉자마자 예약을 해놓은 음식이 들어왔기 때문에 최윤택은 본론을 꺼내지 않고 변죽만 울리며 두 사람의 잔에 술을 쳤다.

음식이 제대로 입에 들어올 리가 없기에 세 사람은 한동안 술을 마시는 데 집중했다.

하지만 언제까지 침묵을 지키고 있을 일이 아니었다.

먼저 입을 연 것은 정도일보의 민영환이었다.

그는 삼성의 후원을 받으며 국장 자리에까지 오른 전형적인 삼성 우호 세력 중 한 명이다.

"본부장님, 지금 소문이 매우 안 좋습니다. 전자가 위기에 처했다고 하는데 그게 사실입니까?"

"예, 사실입니다."

"저희를 보자고 한 것은 그것 때문인가요?"

"맞습니다. 저희 정보 팀에서 입수한 정보에 따르면 마이다스 CKC가 전자를 노리고 있는 것 같습니다."

"피닉스그룹을 먹은 그 마이다스 CKC 말입니까?"

최윤택의 대답에 두 사람의 대화를 들으며 조용히 있던 장영팔이 불쑥 끼어들었다.

매우 놀란 얼굴.

그는 마이다스 CKC의 이름이 나오자 당황한 모습을 숨기지 못했다.

그랬기에 최윤택이 슬쩍 그의 얼굴을 바라보며 의문을 나타냈다.

"마이다스 CKC에 대해서 잘 알고 계신 모양이군요."

"아, 아닙니다. 워낙 유명한 투자회사라서 이름만 알고 있을 뿐입니다."

그의 반응이 의심스러웠으나 최윤택은 더 이상 파고들지 않았다.

지금은 그런 것을 따질 때가 아니었다.

"그렇죠. 아주 유명한 놈들입니다. 피닉스에 이어 대한민국 경제를 떠받치고 있는 삼성전자를 노리는 악질적인 놈들이기도 합니다. 아무래도 그놈들은 한국 경제를 자신들 손아귀에 넣고 흔들 생각인 것 같습니다."

"자칫 힘든 일이 벌어질 수도 있겠군요. 은행권에서 삼성의 손을 거부했다고 하던데 사실입니까?"

"사실입니다."

"그럼 정말 삼성전자가 그들의 손에 들어갈 수 있단 말입니까?"

"그럴 리가 있겠습니까. 잘 아시겠지만 삼성의 자금력은 막강합니다. 마이다스 CKC가 욕심을 부린다고 해도 삼성 전체와 싸울 수는 없습니다. 저희 회장님께서는 그들의 공격을 보고받은 후 코웃음을 치셨습니다."

민영환의 질문에 최윤택이 약을 쳤다.

약세를 보이면 안 된다.

비록 이들이 그동안 삼성의 관리를 받으며 성장해 온 인물들이지만 삼성이 어렵다는 걸 알게 되면 배신의 길로 들어설지 모른다.

이런 세계에서 의리와 감정에 호소하는 것은 철부지 어린애가 칭얼거리는 것과 똑같은 짓이다.

"우리 삼성은 놈들의 공격을 충분히 감당할 수 있는 능력이 있습니다. 제가 두 분을 뵙자고 한 건 그자들의 행태가 너무나 악의적이기 때문입니다. 피닉스 그룹에 이어 삼성전자를 노린다는 게 말이나 됩니까. 더군다나 삼성전자는 국내 최대의 기업이고 대한민국의 자랑입니다. 그런 기업을 외국 자금이 날로 먹으려 들다니 정말 어이없는 일입니다. 그렇지 않습니까?"

"그럼요. 그렇고말고요."

"우린 그자들 때문에 경영권 방어를 위해 자금을 쏟아부어야 할 판입니다. 외환위기로 경제가 휘청거리는 마당에 적극적인 투자를 하지 못하고 엉뚱한 곳으로 돈을 써야 된단 말입니다. 나는 대한민국 국민의 한 사람으로서 그자들의 음모를 반드시 분쇄해야 된다고 생각합니다."

"저희가 어떻게 하면 좋겠습니까?"

"마이다스 CKC란 외국 자본이 삼성전자를 노린다는 걸 모든 국민이 알게 해주십시오. 국민의 대표기업인 삼성전자를 국민들이 지킬 수 있도록 언론에서 도와주셔야 합니다. 국민의 힘으로 경영권이 방어된다면 우리는 경영권 방어에 들어갈 돈을 국민들에게 쓸 수 있습니다. 외환위기로 인해 청년실업이 미친 듯 솟구쳤고 가장들이 길거리로 내몰리고 있는 이 상황에서 삼성이 움직이지 못한다면 얼마나 답답한 일입니까?"

"절대 그런 일이 벌어져서는 안 되죠. 저희가 움직이겠습니다. 은행권의 작태와 정부의 무능함을 질타하고 마이다스 CKC의 음모를 전 국민들이 알 수 있도록 터뜨리겠습니다. 우리 국민은 절대 그냥 있지 않을 겁니다. 놈들이 노린다고 해도 삼성전자가 넘어갈 리 없겠지만, 그런 사실이 있다는 것만으로도 불쾌하고 화가 나는군요."

"고맙습니다. 잘 부탁드리겠습니다."

"언제부터 시작하면 되겠습니까?"

"아시겠지만 지금은 최강철의 시합이 코앞으로 다가온 상황이라 국민들의 정신이 전부 그쪽으로 쏠려 있는 실정입니다. 그러니 시합이 끝나면 터뜨려 주세요."

"저희만 움직이는 건 아니겠죠?"

"삼성에 우호적인 언론들이 전부 들고일어날 겁니다. 공영방송들도 이 문제를 그냥 간과하지 않을 테니 걱정하지 마십시오."

민영환이 묻자 최윤택이 자신 있는 목소리로 대답했다.

사실이기도 했지만 조금 과장된 부분도 있었다.

민영환이 이런 질문을 한 것은 혼자 독박을 쓰기 싫다는 의미가 담겨 있었다.

그랬기에 최윤택은 그를 바라보며 웃음을 흘려냈다.

이자들은 지금부터 삼성을 위해 미친 듯이 뛰기 시작할 것이다.

삼성의 저력을 너무나 잘 알고 있으니 삼성전자가 넘어갈 수 있다는 생각은 전혀 하지 못할 것이다.

총수의 판단대로 언론이 나서기 시작한다면 국민의 여론이 그들의 편을 들게 될 것이고, 그리되는 순간 은행의 융자 규제는 자연스럽게 풀리게 된다.

정부가 어쩔 수 없이 나서서 은행을 압박해 줄 것이기 때문인데, 그리되면 상황은 금방 풀릴 수 있을 것이다.

＊   ＊   ＊

시합 당일.

최강철은 아침 일찍 찾아온 이성일의 방문을 받은 후 잽싸게 이불을 뒤집어썼다.

놈의 얼굴에서 무슨 일이 발생할지 짐작했기 때문이다.

"일어나, 이 새끼야."

"싫다."

"정말 안 일어날 거야? 안 일어나면 깔아뭉갠다."

"오늘 시합 날이야. 내가 조금이라도 다치면 넌 역적이 돼. 그러니까 까불지 말고 거기 멀찍이 떨어져서 이야기해."

이불을 뒤집어쓴 채 대답하는 최강철의 태도에 가까이 다가서던 이성일이 불에 덴 사람처럼 뒤로 물러났다.

당연한 말이다.

모든 국민이 눈 빠지게 기다리는 시합이 오늘 벌어지는데 자신으로 인해 최강철의 몸에 조금이라도 이상이 생긴다면 칼을 물고 죽어야 한다.

그랬기에 그는 뒤로 물러난 후 한숨을 길게 흘려냈다.

"네 짓이지?"

"뭐가?"

"제우스 사장을 보낸 게 너잖아!"

"눈치챘냐?"

"하아, 이 자식 봐. 무슨 대답이 그렇게 뻔뻔해?"

"네가 분유값이 없다고 했잖아. 가불해 달라고 해서 그렇게 한 거다."

"이 새끼야, 넌 농담도 구분 못 하냐. 내가 설마 딸내미 분유값도 없겠어?"

이성일의 목소리가 다시 올라갔다.

그때 이불을 뒤집어쓰고 있던 최강철이 천천히 이불을 벗겨내고 몸을 일으켰다.

어느새 그의 얼굴에는 웃음이 매달려 있었다.

"알아. 설마 연경 씨가 애를 굶기기야 하겠어? 얼마나 부지런한 여잔데."

"그런데 왜 그런 짓을 해?"

"내 마음이 편하고 싶어서 그랬다. 시합 앞두고 친구 놈이 징징대는데 어떻게 마음 놓고 싸워? 그래서 그런 거니까 고마워하지 마."

"어이구, 말하는 싸가지 하고는. 이 자식아, 이왕이면 의리 때문에 그랬다고 해라. 그래야 내가 감동받을 거 아냐?"

"넌 절대 감동받을 놈이 아닌데 내가 뭐 하러 그런 소릴 해?"

"귀신같은 놈."

"크크크, 그런데 왜 관장님은 안 왔어? 이 양반, 아직도 잠자고 있는 건 아니겠지?"

*   *   *

김영호와 류광일은 잠실에서 아침 8시에 만났다.

오늘은 최강철의 시합이 있는 날이기 때문에 서두를 필요가 있었다.

"어떻게 빠져나왔냐? 마누라가 뭐라고 안 그러디?"

"안방 침대에 계시길래 아침 산책하러 가는 것처럼 하고 도망쳐 나왔다. 알면 그냥 있겠어. 그러잖아도 심기가 불편하신데."

"용한 놈."

"왜?"

"난 졸라 깨졌다. 이 마당에 어딜 가냐고 소리를 고래고래 지르더라."

류광일이 혓바닥을 반쯤 내밀며 어깨를 으쓱였다.

그럼에도 그의 얼굴에는 도주에 성공했다는 만족감이 가득 들어 있었다.

외환위기로 대한민국 전체가 박살 났는데 대일물산만 멀쩡할 리 없었다.

대일물산은 수출이 주력이었으나 생산 공장들이 부도를 맞으며 초토화되는 바람에 클레임으로 발생한 손실이 벌써 3백만 달러가 넘었다.

거기다 수출의 폭도 예전 수준의 절반으로 뚝 떨어져 회사에서는 뼈를 깎는 구조 조정에 들어간 상태였다.

그런 상황이니 마누라가 잔소리를 하는 것도 충분히 이해가 간다.

"영호야, 그 소식 들었냐? 금요일에 최 차장님하고 정 과장이 해고 통보를 받았단다.

"정말?"

"그래, 이러다가 금방 우리까지 넘어오겠어."

"휴우, 어쩌겠냐. 나가라면 나가야지. 회사도 땅 파서 장사하는 게 아니잖아. 벌써 월급이 3개월이나 밀렸어. 이럴 바에는 차라리 명퇴금 받고 그만두는 것도 생각해 봐야 할 것 같아."

"그러지 마라. 이런 상황에서 잘리면 우린 죽어. 무슨 수를 쓰던 붙어 있어야 해. 명퇴금 받아봤자 그거 금방이다."

"아들놈 학원비 못 냈다며 마누라가 징징 짜길래 성질내고 나왔더니 마음이 안 좋아. 아, 씨발, 쪽팔려서……."

류광일이 담배 연기를 길게 하늘로 날리며 한숨을 길게 내쉬었다.

대기업의 샐러리맨으로 풍족하게 살지는 못했지만, 아내와 자식들을 건사하면서 나름대로 행복하게 살아왔다.

인생이 파탄 나는 건 한순간이라더니 정말 이런 일이 벌어질 줄은 꿈에도 생각하지 못했다.

자신의 잘못으로 인해 발생한 일이었다면 억울하지 않았을 것이고, 남을 원망하지도 않았을 것이다.

괴로운 건 앞으로의 상황이 더욱 암담하다는 것이다.

나라의 경제가 박살 난 이상 대일물산은 아주 오랜 시간 어둠의 터널 속에서 허우적댈 수밖에 없다.

"모아놓은 돈 좀 없냐?"

"월급으로 사는 놈이 모아놓은 돈이 어디 있어? 집 사느라고 대출받은 돈이 얼만데 저축을 해? 먹고사는 것만 해도 다행이지."

"하긴, 우리 같은 놈들 사정이야 뻔하지."

"야, 이제 그런 소리 그만하자. 오늘 같은 날까지 기운 빠지는 소리 하지 말자고. 괜히 강철이 시합하는데 재수 없을 것 같다."

"그래. 그런데 오늘도 사람들이 나올까?"

"없으면 차 안 밀리고 좋지. 아마 많이 안 모일 거야. 먹고사는 것도 힘든데 많이 모이겠어?"

＊　　　　＊　　　　＊

일본 NHK의 한국 특파원 마에다는 아침 7시부터 서둘러 광화문에 나와 카메라를 설치하고 커피를 마시며 시간을 보냈다.

과거의 경험으로 봤을 때 새벽부터 서두르지 않으면 좋은 자리를 잡기 어렵기 때문이다.

주변에서 동경일보의 하세가와가 산케이신문의 오사무와 함께 노닥거리는 게 보인다.

평온한 모습.

오늘 최강철의 경기가 벌어지지만, 현재 한국이 겪고 있는 외환위기는 나라가 망한 것이나 다름없기에 큰 기대를 하지 않았다.

설마 오늘까지 모인다면 이 나라는 미친 것이다.

먹고살기도 힘든 판에 응원을 하러 나온다는 게 말이 된단 말인가.

그동안 한국인들은 최강철의 경기가 벌어질 때마다 축제를 열었다.

한편으로는 부러웠고, 한편으로는 광신도들을 보는 것 같아 걱정도 되었다.

열정이라고 표현하기에는 너무 과했다.

단순한 복싱 경기에 온 국민이 열광하는 모습은 정상적인 모습이 절대 아니었다.

그랬기에 전 세계의 언론이 광화문에 몰려 집단 응원을 하는 한국 국민의 모습을 취재하느라 열을 올렸다.

하지만 오늘 이곳에 모인 외신 기자들의 표정에는 아무런 기대감도 담겨 있지 않았다.

예전처럼 사람들이 모일 리 없으니 헛걸음을 했다는 생각을 가졌기 때문이다.

동경신문의 하세가와가 슬금슬금 다가온 것은 마에다가 커피를 다 마시고 쓰레기통에 컵을 버릴 때였다.

그는 오래전부터 안면을 터서 친구처럼 지내는 사이였다.

"마에다, 오늘 같은 날 왜 왔어? 그림도 안 될 것 같은데."

"그런 자네는 왜 왔나, 새벽부터?"

"하하, 노느니 뭐 해. 혹시나 일이 생기면 큰일이잖아."

"혹시 뭐?"

"한국 놈들 정신 구조는 이상해서 이럴 때 꼭 사고를 치거든."

"그렇긴 하지. 그래도 오늘은 아닐 거야. 대한민국 전체가 박살이 났는데 응원하러 온다는 게 말이 된다고 생각해? 그냥 오늘은 긴장 풀고 푹 쉬다가 가자고. 아마 데스크 쪽도 큰 기대 하지 않을 거야."

마에다가 쓴웃음을 지으며 담배를 꺼내 물었다.

하세가와가 무슨 뜻으로 그런 말을 했는지 충분히 이해된다.

그럼에도 그는 고개를 흔들며 강하게 그의 말을 부정했다.

부자는 망해도 3년이 간다는 말이 있지만, 한국은 결코 부자가 아니었다. 그래서 순식간에 빈털터리가 되어버린 것이다.

짧은 시간에 한강의 기적이란 단어를 만들어냈지만, 한국의 경제는 토대가 빈약해서 외환위기를 벗어나려면 오랜 시간이 걸릴 것이다.

한국을 좋아하지 않았지만 오랜 시간 서울에서 보내다 보니 불쌍하다는 생각이 들었다.

고통에 허덕이는 사람들의 표정을 볼 때마다 마치 자신이 그들을 그렇게 만든 것처럼 미안했다.

마에다는 하세가와의 이야기를 들으며 시간을 보냈다.

그는 한국이 처한 현실이 얼마나 지독한지에 대해 말하며 마음껏 비웃음을 흘리고 있었는데, 이런 일이 벌어진 것이 즐거운 모양이다.

그저 고개를 끄덕여 주며 듣기만 했다.

어쩌겠는가. 한국과 일본의 오래 묵은 감정이 그러한 것을.

자신은 그렇지 않았지만, 한국에서 근무하는 특파원의 절반 이상이 한국을 극도로 싫어했다.

그의 표정이 변하기 시작한 것은 점점 시간이 흘러 8시가 넘어서기 시작할 때부터였다.

광화문을 잇는 도로들이 파란 물결로 물들며 사람들이 몰려들고 있었다.

처음은 젊은이들로 구성된 패거리가 주로 보였으나, 점점 남녀노소를 구분하지 못할 정도로 많은 사람들이 광화문으로 들어왔다.

입이 떡 벌어졌다.

규모가 달랐다.

예전 바스케스와의 경기에서 무려 30만이라는 군중이 모였을 때보다 더 많은 인파가 밀려들고 있었다.

"이런 씨발……."

저절로 욕이 나왔다.

도대체 한국 사람들의 정신 구조는 어떻게 된 것이란 말인가.

어이가 없어 저절로 한숨이 흘러나왔다.

아침 9시가 넘자 광화문 일대가 전부 파란색 물결로 가득 찼는데, 그 끝이 보이지 않을 정도였다.

＊　　　　＊　　　　＊

신규성은 자신의 사무실에서 텔레비전을 보다가 김도환을 맞아들였다.

일요일인데도 쉬지 못하고 사무실로 나온 것은 삼성의 움직임이 심상치 않았기 때문이다.

삼성에 경영 정보 팀이 있다면 마이다스 CKC에는 제우스가 있다.

제우스의 김도환은 수시로 삼성과 정부, 언론의 움직임을 파악해서 그에게 가르쳐 주었는데 돌아가는 상황이 만만치 않았다.

"어서 오세요."

"뭐 하고 계셨습니까?"

"사장님 기다리면서 텔레비전을 보고 있었습니다. 곧 회장님 시합이 열리잖아요."

"하하, 그래서 저도 서둘러 온 겁니다. 그나저나 어마어마하군요. 저번보다 더 모인 것 같은데요?"

김도환이 화면을 가득 채운 광화문 인파를 보면서 놀람을 감추지 못했다.

정말 대단한 인파가 끝도 없이 자리를 차지한 채 파란 깃발을 흔들고 있었기 때문이다.

"방송국에서는 50만 정도가 모였다고 하더군요. 우리나라 사람들 정말 대단합니다."

"사장님은 저 사람들이 모인 이유를 뭐라고 생각합니까?"

"희망을 품고 싶어서 그런 거겠죠. 무언가에 대한 희망조차 없다면 이 절망스러운 상황이 너무 힘들잖아요?"

"그렇죠. 저도 그렇게 생각했습니다. 그래서 오늘 회장님이 꼭 이겨줘야 해요. 그것도 화끈하게 이겨서 국민들을 위로해 줬으면 좋겠습니다."

김도환이 시선을 화면에 고정한 채 중얼거렸다.

그의 눈에 담긴 것은 동정이 아니라 뜨거운 열정이었다.

대한민국 국민들은 이겨낼 것이다.

지금보다 더한 고난과 역경도 이겨왔고, 반드시 잘살겠다는 의지는 세계에서 최고였다.

김도환의 분위기를 깨면서 신규성이 불쑥 입을 연 것은 그가 지닌 용무가 급했기 때문이다.

"사장님, 삼성이 확보한 언론이 몇 곳이나 되죠?"

"주요 언론 전부와 접촉한 걸로 확인되었습니다. 방송 쪽도 마찬가지고요."

"김 사장님이 보시기엔 어떻게 진행될 것 같습니까?"

"그자들은 모든 준비를 갖추었습니다. 다음 주에 모든 언론이 준비한 기사를 터뜨리는 것으로 계획되어 있어요. 정부 관계자들도 스탠바이를 끝냈기 때문에 언론이 터뜨리면 곧바로 반응할 것입니다."

"그리되면 큰일 아닙니까. 우리나라 국민은 외국 자본이 삼성전자를 먹는 걸 그냥 두고 보지 않을 겁니다. 국민들이 저항하면 문제가 커집니다."

"신 사장님, 우리 쪽이 확보한 주식이 얼마나 되죠?"

"이제 18%를 넘었습니다. 회장님이 지시한 30% 이상을 맞추려면 앞으로도 2개월 정도 더 필요합니다. 김 사장님, 무슨 방법이 없겠습니까?"

"있습니다."

"정말인가요? 답답하게 자꾸 미적거리지 마시고 빨리 말해 주세요."

"시간을 끄는 겁니다. 30%를 확보할 때까지 언론이 터뜨리는 걸 막아야 합니다."

"지금 농담이 나옵니까? 이미 언론과 다 이야기가 끝났다면서요?"

"언론이 삼성의 말을 듣는 건 광고 때문입니다. 무슨 말인지 아시겠죠?"

"피닉스!"

"그렇습니다. 그들이 거부할 수 없는 제안을 해서 기사가 나가지 못하도록 시간을 끄는 겁니다. 피닉스 계열사 20개의 광고라면 언론도 쉽게 움직이지 못할 거예요."

"될까요?"

"됩니다. 지금 언론은 기업의 광고가 줄어들어 사경을 헤매고 있습니다. 그런 마당에 피닉스그룹 전체가 움직여 광고를 때리겠다는 제안을 하면 거부할 수 없어요. 그자들도 먼저 살아야 하니까요."

"음, 무슨 말씀인지 알겠습니다."

"그동안 저는 대한정의당 쪽을 움직이도록 하겠습니다. 삼

성과 접촉한 기재부의 간부들과 언론 쪽 인사들을 압박해서
꼼짝하지 못하도록 틀어막겠습니다."

"그럼 그쪽은 사장님이 맡아주세요. 저는 피닉스그룹의 사
장단이 최대한 빠르게 언론과 접촉하도록 준비하겠습니다."

"그리고… 우린 한 가지 더 준비할 게 있어요."

"한 가지 더? 그게 뭐죠?"

"시간은 끌 수 있겠지만 언젠가는 터질 겁니다. 결국 마이
다스 CKC가 외국 자본이라는 게 알려지는 순간 국민들의 저
항을 받게 되겠죠. 그걸 해결하지 않으면 삼성전자의 경영권
을 확보하는 건 쉽지 않을 거예요. 정부가 무슨 수를 쓰던 막
을 테니까요. 정권은 국민이 저항하는 순간 마이다스 CKC의
숨통을 죄어올 겁니다. 그리되면 우린 돈만 들이고 경영권을
찾아오지 못할 수도 있어요. 최악의 경우, 어쩌면 다시 주식을
팔아야 할 수도 있단 말입니다."

"그게 무슨… 말도 안 되는 소리요. 정부가 무슨 권리로 그
런 짓을 한단 말입니까!"

"흥분하지 마십시오. 그게 현실이니까요. 그래서 회장님의
결단이 필요해요. 단박에 제압하지 않으면 모든 것이 수포로
돌아간단 말입니다."

＊　　　　＊　　　　＊

휘태커와의 시합은 뉴욕의 MGM 호텔 특설 링에서 벌어졌다.

시저 팰리스가 관중석을 늘려 재미를 봤기 때문인지 MGM도 대폭 경기장을 늘려 입장객 수가 2만 5천에 달했다.

이번 대전료는 최강철이 3천 5백만 달러, 휘태커가 2천만 달러였다.

또다시 역대 최고액을 경신했다.

언론에서는 파이트머니의 신기원을 연속으로 작성하고 있는 최강철의 인기를 조명하며 대서특필했다.

하지만 그건 아무것도 아니다.

최강철이 복싱으로 벌어들이는 돈보다 주요 기업에서 벌어들이는 돈이 훨씬 많기 때문이다.

나이키를 비롯해서 20여 기업이 최강철을 후원하고 있었는데, 매년 거기서 들어오는 돈이 5천만 달러가 넘었다.

물론 경기에서 그들의 제품을 사용한다는 것과 경기 장면을 광고에 활용한다는 조건에서 맺은 계약이다.

그동안 전문가들은 팽팽한 접전이 펼쳐질 거라고 예상했지만, 도박사들의 평가는 완전히 달랐다.

도박사들의 예상은 7 대 3으로 최강철이 이길 거란 전망이 지배적이었다.

어쩌면 당연한 일이다.

휘태커가 세계 최고의 스피드로 마크 브릴랜드마저 꺾었다 해도 최강철이 지금까지 상대한 선수들과의 경기력을 감안한다면 당연한 결과였다.

그럼에도 전문가들이 접전을 예상한 것은 그만큼 휘태커의 스피드가 압도적이었기 때문이다.

오죽하면 그를 보고 사람들이 번개라는 별명을 지어줬을까.

*　　　*　　　*

최강철은 밴딩을 마치고 묵묵히 화면을 바라보며 진행 요원의 출전 요청을 기다리고 있었다.

빡빡한 정적의 시간이 라커 룸을 가득 적셨다.

복싱 협회의 전무를 맡고 있는 유광호가 들어와 지금 광화문에서 50만의 인파가 몰려 응원을 벌인다는 사실을 말해준 후부터 일행은 대화를 삼가며 경기를 기다렸다.

이 경기가 가진 의미는 지금까지와 다르다.

국민들의 희망과 절망에서 벗어나고 싶어 하는 몸부림이 고스란히 담겨 있으니 이번 싸움은 오직 그만의 싸움이 아니었다.

이윽고 진행 요원이 들어와 출전해 달라는 사인이 들어오자, 최강철은 자리에서 일어나 다른 때와 달리 직접 태극기를 손에 쥐었다.

그러고는 당당하게 복도를 걸어 경기장으로 들어섰다.

이긴다.

나는 반드시 이겨 나의 승리를 간절하게 기다리는 국민들에게 환한 웃음을 되돌려 줄 것이다.

*   *   *

"강철아, 꼭 해야겠어? 그동안 우리가 해온 것처럼 하면 안 될까?"

"성일이 전략에 관장님도 동의했잖아요. 저놈을 잡는 건 그 방법이 가장 좋아요."

"불안해서 그러지. 너무 무모한 것 같아서."

"걱정할 거 없습니다.

"알았다. 어차피 결정된 거, 더 이상 말하지 않겠다. 하지만 조심해야 돼."

"예."

바셀린을 바르던 윤성호가 다시 한번 되물은 후 고개를 절레절레 흔들었다. 여전히 그는 휘태커를 맞이해서 세운 전략에 확신을 갖고 있지 못한 것 같았다.

폭발 직전의 경기장.

태극기를 직접 들고 경기장에 들어선 최강철은 작정한 듯 깃발을 높이 든 채 주먹을 불끈 치켜들며 링을 돌았다.

그의 움직임에 따라 2만 5천의 관중이 환호를 보냈다.

그들도 이해해 줄 것이다.

지금 최강철이 펼치는 퍼포먼스를 말이다.

휘태커는 바람의 아들답지 않게 반대편 코너에서 최강철이 하는 짓을 여유 있게 지켜보고 있었다.

세계 최강자이면서도 3류 영화배우처럼 움직이는 최강철의 우스꽝스러운 행동을 보면서 그는 비웃음을 숨기지 않았다.

내 행동이 그렇게 우습게 보이냐?

그래도 나는 이렇게 해서 우리 국민들을 위로할 수 있다면 몇 번이라도 할 수 있다.

그러니까 비웃지 마, 이 새끼야.

아무도 너를 잡지 못했다고 들었다.

얼마나 빠른지 너의 별명이 번개라며?

하지만 너는 그걸 알아야 돼. 링은 도망갈 곳이 없는 정글이란 걸 말이야.

최강철은 폭탄같이 터지는 관중들의 함성을 들으며 천천히 링의 중앙으로 나갔다.

이제 레프리의 룰에 관한 설명을 듣고 나면 곧 시합이 벌어진다.

휘태커는 빠른 스피드를 가진 놈답게 걸걸한 입도 그에 못지않은 놈이었다.

시합이 결정된 후 그는 최강철에 대한 비난을 서슴지 않았는데, 심지어 한국의 경제 상황까지 들먹이며 입에 담지 못할 말을 떠들어댔다.

자신에 관한 말이었다면 참았겠지만, 조국까지 들먹이며 마음껏 비웃는 그를 향해 최강철은 마지막 순간 기자들이 모인 자리에서 딱 한마디만 했다.

"놈의 아가리를 날려 버리겠소! 그래서 나와 대한민국을 다시는 입에 담지 못하도록 만들 것이오!"

분노다.

최강철의 분노는 그에게 국한된 것이 아니라 놈이 위대하다고 떠드는 미국에 대한 것이기도 했다.

퀀텀펀드를 비롯해서 미국의 환투기꾼들은 멀쩡한 국가를 박살 내며 자신들의 이익을 위해 비열한 짓을 함부로 저질렀으니 반드시 이 원한은 잊지 않을 것이다.

때앵!

종이 울리는 순간 최강철은 잠시 화려하게 빛나는 MGM 호텔 특설 링의 조명을 바라봤다.

그러고는 자신을 향해 다가오는 휘태커를 향해 돌진해 나갔다.

오늘의 전략은 오직 하나.

놈이 자랑하는 스피드와 정면 대결을 하는 것뿐이다.

번개, 또는 바람의 아들.

최강철이 폭발적으로 다가서자 휘태커는 그의 별명답게 교묘한 각도로 전광석화처럼 빠져나가며 잽을 던져왔다.

그 잽을 맞으며 최강철이 전진했다.

이슬비는 맞는다. 대신 놈의 다리를 완벽하게 묶어놓는 게 이번 작전의 핵심이다.

휘태커의 잽이 얼굴에 적중되는 순간 최강철의 라이트 훅이 복부를 향해 날아갔다.

하지만 그는 이미 잽을 회수한 후 뒤로 물러서고 있었다.

확실히 빠르다.

자신 역시 스피드라면 누구에게 뒤지지 않을 정도였으나, 휘태커의 스텝은 캔버스 위를 날아다니는 것 같았다.

같은 패턴의 공격과 방어.

그러나 링은 좁고 휘태커가 도망갈 범위는 그리 넓지 않았다.

최강철은 팬케이크 스텝조차 생략하고 일직선으로 휘태커

를 쫓았다.

뒤로 도망가는 놈에게는 콤비네이션 펀치를 쓸 수 없기에 단발 공격을 퍼부으며 접근전을 펼쳤다.

대부분 펀치가 빗나갔으나 최강철은 조금도 공격을 늦추지 않고 전진하며 휘태커를 압박했다.

아무리 빨라도 뒤로 도망가는 놈은 쫓는 맹수의 발톱에서 완전하게 벗어날 수 없다.

공격을 하면서 놈의 반격에 여러 대 맞았지만, 최강철은 끝내 휘태커의 스텝을 따라잡고 맹공을 퍼부었다.

잡을 때까지가 어려운 거지 한번 잡으면 목덜미를 물어뜯는 건 일도 아니다.

로프에 잡힌 휘태커를 향해 무차별적인 콤비네이션 펀치를 퍼부었다.

아직 스텝이 생생하게 살아 있는 휘태거가 반격을 하면서 좌우로 빠져나가기 위해 몸부림을 쳤으나, 최강철은 놈이 빠져나가지 못하도록 몸통을 포박한 채 강력한 쇼트 공격을 날렸다.

당황한 시선.

불과 1라운드만에 번개처럼 빠르다는 자신의 스텝이 포박당하고 강력한 공격이 날아오자 휘태커의 시선이 마구 흔들거렸다.

하지만 놈은 두 차례의 콤비네이션만 허락한 후, 우리에서 탈출한 멧돼지처럼 우측으로 빠져나갔다.

그런 놈을 향해 최강철은 악마의 미소를 보여주었다.

어디 계속 도망가 봐. 내가 지옥 끝까지라도 쫓아갈 테니까.

휘태커는 최강철의 공격을 피해 마치 100m 달리기 선수처럼 링의 외곽을 전력으로 뛰어다녔다.

그만큼 최강철의 공격이 무서웠기 때문이다.

한번 스텝이 잡혔기 때문인지 위기의식을 느낀 그는 최강철의 접근을 피하며 빈 공간을 확보하기 위해 사력을 다했다.

최강철은 놈이 움직이는 방향을 향해 가차 없이 뛰어들며 강력한 단발 공격을 연사시켰다.

위잉, 위이잉!

공간을 가르는 그의 펀치에서 칼날 같은 살기가 줄기줄기 뿜어져 나왔다.

무시무시한 단발 펀치.

최강철은 휘태커를 잡기 위해 훈련하는 동안 움직이는 타깃을 향해 펀치를 날리는 훈련을 반복해 왔다.

강력한 공격을 성공시키기 위한 훈련법으로 이성일이 고안해 냈는데, 긴 대나무에 풍선을 달아놓고 빠르게 움직여 맞히는 방법이다.

이성일이 휘두르는 대나무의 속도는 눈에 보이지도 않을 만큼 빨라 처음에는 실패를 반복했지만, 시합을 한 달 정도 남겼을 때부터는 거의 50% 이상 터뜨릴 수 있었다.

이미 관중들은 최강철의 폭발적인 공격 패턴을 눈으로 확인한 후 자리에서 전부 일어난 상태였다.

모든 전문가는 이 승부가 판정으로 갈 가능성이 크다고 예상했다.

휘태커의 압도적인 스피드로 봤을 때 KO 승부가 나오기 어렵다고 판단했기 때문이다.

그러나 막상 경기가 시작되고 최강철이 1라운드부터 휘태커의 스텝을 따라잡으며 강한 공격을 지속하자, 그런 판단은 순식간에 뒤집혔다.

불과 1라운드만에 휘태커의 신형이 최강철의 스피드에 잡혔으니 금방이라도 경기가 끝날 것 같았다.

정말 경악스러운 장면이었다.

그 누구도 허리케인이 세계 최강이라는 사실에 의구심을 갖지 않았다.

그럼에도 세계에서 가장 빠르다는 휘태커를 상대로 이런 경기를 한다는 건 진정 놀라운 일이었다.

그랬기에 관중들은 또다시 휘태커를 중립 코너에 가두고 폭풍처럼 공격을 터뜨리는 최강철의 위용에 뜨거운 열광을 보낼 수밖에 없었다.

*   *   *

"최강철 선수, 엄청납니다. 전혀 예상 밖의 상황이 펼쳐지고 있습니다. 최강철 선수의 라이트 훅, 레프트 보디, 어퍼컷. 무차별적인 공격입니다. 휘태커 선수, 정신을 차리지 못하고 있습니다. 도망가는 휘태커. 그러나 최강철 선수, 그냥 도망가게 내버려 두지 않습니다. 추격하는 최강철. 강력한 라이트 스트레이트. 빗나갔습니다. 역시 휘태커 선수, 빠르군요."

"아무리 빨라도 안 됩니다. 최강철 선수의 스피드가 휘태커 선수의 스텝을 따라잡고 있어요. 아시겠지만 최강철 선수 역시 스피드 면에서 일가견이 있는 선수입니다. 휘태커 선수가 워낙 빨라서 저 역시 우려했지만 경기를 직접 보니 충분히 잡을 수 있을 것 같습니다."

"그렇습니다. 충분히 가능합니다. 다시 따라 들어가는 허리케인 최강철. 정말 폭풍 같은 공격입니다. 미사일 같은 라이트 훅, 아깝습니다. 종이 한 장 차이로 빗나갔습니다. 휘태커 선수, 반격하지만 최강철 선수, 개의치 않습니다. 마치 불도저처럼 밀어붙입니다. 윤 위원님, 최강철 선수가 작정한 것 같죠? 지금까지 보여준 정교한 공격이 아니라 위력적인 단발 공격이 주를 이루는데, 이유가 뭘까요?"

"휘태커를 잡기 위해서는 어쩔 수 없었을 겁니다. 워낙 빠르게 링을 돌기 때문에 단발 공격이 아니면 잡을 수 없어요. 그리고 그 공격이 효과를 보고 있습니다. 이동하는 휘태커 선수의 얼굴을 정확하게 가격하잖습니까. 한 가지 우려스러운 건 휘태커의 반격에 안면이 노출되고 있다는 거예요. 보십시오. 또 맞았잖습니까. 최강철 선수, 조심해야 합니다."

"최강철, 라이트 더블. 이번에는 복부를 두들깁니다. 휘태커 선수, 기가 질리는 것 같습니다. 가끔가다 반격이 나오고 있지만 위력적이지 않습니다. 최강철의 라이트 스트레이트. 아악! 맞혔습니다! 미친 듯이 도망가는 휘태커! 따라 들어가는 최강철! 이때 공이 울립니다. 심판이 말리는군요. 안타깝습니다. 좋은 기회를 놓쳤습니다."

"마지막 펀치가 제대로 들어갔습니다. 분명 충격을 받았을 겁니다."

"국민 여러분, 최강철 선수가 압도적인 공격력을 선보이며 1라운드를 완벽하게 장악했습니다. 정말 대단한 우리의 영웅 최강철 선수입니다. 2라운드를 기대하며 광고 보고 금방 돌아오겠습니다."

1라운드 내내 미친 듯이 떠들던 이종엽이 마이크를 내려놓고 긴 한숨을 흘려냈다.

최강철의 경기를 여러 번 중계했지만 이런 경기는 처음이었다.

폭발적인 스피드의 향연.

두 선수가 보여준 펀치와 스텝의 이동은 복싱 역사를 새로 쓸 정도로 어마어마한 빠르기였다.

하지만 그의 몸에 소름이 돋은 것은 최강철이 보여준 무차별적인 공격 때문이었다.

탐색전이고 뭐고 없었다.

그동안 최강철은 언제나 상대가 준비한 전략을 파악하기 위해 가급적 1라운드를 탐색하며 천천히 경기를 풀어나갔으나, 이번에는 달라도 너무 달랐다.

처음 경기장에 태극기를 직접 들고 들어와 깃발을 흔들 때부터 뭔가 이상한 느낌이 있었는데, 최강철은 이런 경기를 보여주기 위해 그런 행동을 한 모양이다.

누구도 나를 이길 수 없다는 자신감.

바로 자신이 세계 최강임을 전 세계에 알려주기 위한 퍼포먼스임이 분명했다.

*   *   *

"강철아, 너무 대주면 안 돼!"

"괜찮습니다. 이 작전이 원래 그런 거잖아요. 맞아주지 않으면 놈을 잡을 수 없어요."

"그래도 이 자식아, 큰 건 피하란 말이야."

세컨드들은 원래 이렇다.

바둑에서 훈수하는 사람들이 수가 더 잘 보이듯 코너에서 경기를 지켜보는 윤성호는 부족한 부분들이 보이자 애가 타서 죽기 일보 직전이었다.

이성일이 나선 것은 윤성호가 수건으로 빠르게 몸을 닦아준 후 바셀린을 다시 바를 때였다.

"강철아, 저 새끼 배때기 맞으니까 몸이 움찔거리더라. 얼굴만 생각하지 말고 복부도 섞어."

"오케이."

"잘하면 금방 끝낼 수도 있겠다. 하지만 관장님 말씀처럼 너무 대주지 마. 지금은 당황해서 저놈 펀치가 흔들리지만, 정신을 차리고 덤비면 큰일 날 수도 있어."

"걱정하지 마. 절대 그런 일은 없을 테니까."

"팬케이크를 섞는 게 어때? 체력도 생각해야 하잖아."

"지쳐도 저놈이 먼저 지쳐. 죽일 때 확실히 죽여야 한다. 틈을 주면 살아날 수 있어."

"좋아, 아무래도 나보다 경기하는 네가 저놈의 호흡을 더 잘 알겠지. 졸트 펀치 날아오는 건 봤냐?"

"봤다."

"다른 건 몰라도 그건 반드시 피해야 해. 접근전을 펼칠 때 그걸 맞으면 네 맷집이 아무리 강해도 못 버텨."

"알았어."

최강철이 고개를 끄덕였다.

역시 보는 눈이 좋아졌다.

1라운드에서 휘태커의 펀치에 여러 번 당했지만 가장 충격적인 건 접근했을 때 날아온 졸트 펀치였다.

겨드랑이를 옆구리에 댄 상태에서 번개처럼 날아오는 졸트 펀치는 강력한 위력이 있어 맞는 순간 골이 흔들릴 정도였다.

윤성호가 다시 나선 것은 레퍼리가 경기를 재개하기 위해 링의 중앙으로 나와 공이 울리기를 기다릴 때였다.

"강철아, 중요한 건 이기는 거다. 내 말 무슨 뜻인지 알지?"

"그럼요. 뭘 그렇게 당연한 말을 심각하게 하십니까?"

땡.

2라운드의 공이 울리자 최강철은 의자에서 일어난 후 거침없이 링의 중앙을 향해 달렸다.

이미 휘태커는 뒤로 물러서기 위해 꽁무니를 빼는 중이다.

도망이나 다니는 놈이 감히 지금까지 나와 대한민국을 우롱했단 말이냐?

위잉, 위잉, 위이잉!

달리는 그대로 양 훅을 갈기고 비켜 나가는 놈의 복부를 노렸다.

펀치가 빗나가는 순간 휘태커의 잽과 스트레이트가 번개처럼 다가왔으나, 최강철은 머리만 흔들어 공격을 피하며 그대로 돌진했다.

도망가면서 던진 펀치는 하나도 무섭지 않다.

아무리 빠르고 날카로워도 그 정도 펀치에 당할 내가 아니란 말이다.

사이드 스텝과 백 스텝의 절묘한 조화.

마치 도망가는 데 타고난 놈처럼 잘도 빠져나간다.

그럼에도 안 돼. 나는 오늘 약속한 것처럼 반드시 너의 아가리를 찢어놓을 거야.

달리기를 하고 싶다면 그렇게 해준다.

이 좁은 사각의 링에서 얼마나 달릴 수 있는지 해봐.

사람은 전력을 다해 100m를 뛰었을 때 자연스럽게 숨을 헐떡이게 된다.

그런 행동을 최강철과 휘태커는 벌써 4분이 넘도록 하고 있었다.

거기에 미친 듯이 펀치를 주고받았으니 휘태커의 심장은 뜨거워질 대로 뜨거워진 상태였다.

아직 체력이 고갈된 것은 아니었으나 단시간에 많은 스태미

나를 썼기 때문에 그의 입은 점점 더 벌어지는 중이다.

그건 최강철도 마찬가지였다.

지금까지 4분이 넘도록 전력을 다해 뛰었기 때문에 호흡이 가파르게 올라가고 있었다.

그럼에도 최강철은 휘태커를 추격하는 데 잠시의 틈도 허용하지 않았다.

집요하게 따라다니며 강력한 단발 펀치를 날렸다.

맞아도 좋고 피해도 상관없었다.

지금의 공격은 휘태커의 체력을 저하시켜 자신의 스피드와 비슷하게 만들기 위한 사전 공작이다.

결국 휘태커의 발이 따라잡힌 것은 2라운드 중반이 지날 때였다.

그동안 미친개처럼 뛰어다니던 휘태커가 최강철의 펀치에 복부를 적중당한 후 발이 느려졌다.

그 순간을 놓칠 최강철이 아니다.

콰앙, 쾅, 콰광!

최강철의 펀치가 휘태커의 가딩을 뚫고 그대로 얼굴에 틀어박혔다.

백 스텝을 밟으며 맞았고 가딩으로 충격을 완화했지만 휘태거의 신형이 중심을 잡지 못하고 로프로 주르륵 밀려났다.

추격.

휘태커의 신형이 잠시 로프에 머물 때 따라 들어간 최강철의 양 훅이 그의 복부에 정확하게 틀어박혔다.

몸이 움찔하는 게 느껴졌고, 다리가 슬쩍 비틀리는 게 보였다.

충격을 받은 게 분명했다.

그 짧은 순간 라이트 스트레이트를 시작으로 10여 발의 콤비네이션이 휘태커의 전신을 유린했다.

빠져나갈 수도, 막을 수도 없는 공격이었다.

벼락이다.

기회를 잡자 최강철의 전신에서는 그동안 감춰놓은 푸른 벼락이 솟구쳐 나왔다.

한번 시작된 공격은 절대 멈추지 않는다.

파바방, 쾅, 쾅, 콰앙!

휘태커의 복부와 안면을 향해 끊임없이 펀치가 작렬했다.

꿈틀거리며 도망가려는 휘태커의 몸부림은 치명상을 입은 채 살기 위해 발버둥 치는 이리의 모습과 비슷했다.

다리가 잡힌 이상 휘태커는 더 이상 최강철의 상대가 아니었다.

가딩을 해도 소용없었다.

무차별적인 공격으로 금방이라도 쓰러질 것처럼 휘청거리자, 최강철은 비틀거리는 휘태커의 몸에 자신의 몸을 바짝 밀

착시켰다.

그는 결코 쉽게 시합을 끝낼 생각이 없었다.

약속했잖아.

함부로 주둥이를 놀려 우리 국민의 가슴을 아프게 만든 네 놈의 죄를 철저하게 응징하겠다고.

계속되는 쇼트 콤비네이션으로 인해 휘태커의 안면이 만신 창이로 변했다.

물론 그 이전에 받은 대미지가 중첩되었겠지만, 연속으로 올라가는 최강철의 어퍼컷이 그의 입술을 찢어버려 피가 철철 새어 나오게 만들었다. 그때 레프리가 경기를 중단시키기 위 해 기회를 보는 게 느껴졌다.

최강철이 몸을 빼낸 것은 2라운드가 불과 20초밖에 남지 않은 때였다.

잘 가라, 휘태커.

그리고 다시는 함부로 주둥이를 놀리지 마. 그러다가 정말 죽어, 이 새끼야.

위이잉, 콰앙!

공간을 가로지르며 날아간 라이트 스트레이트가 반쯤 넋이 나간 휘태커의 턱을 갈기고 빠져나왔다.

주먹에서 느껴지는 묵직한 감촉.

이런 주먹을 맞고 살아남은 놈은 지금까지 아무도 없었다.

최강철은 무너지는 휘태커를 확인하며 천천히 중앙으로 물러섰다.

그런 후 두 팔을 번쩍 치켜들어 자신의 승리를 온 세상에 알렸다.

광화문을 가득 덮은 푸른 물결이 파도가 되어 일어섰다.

마치 해일이 밀려드는 것 같은 착각이 들 정도로 대단한 장관이었다.

긴장한 표정으로 경기를 지켜보던 사람들은 최강철이 일방적인 공격을 퍼붓다가 기어코 휘태커를 쓰러뜨리자 전부 자리에서 일어나 펄쩍펄쩍 뛰었다.

옆에 누가 있든 상관없었다. 서로를 끌어안고 기쁨의 눈물을 흘리는 그들의 얼굴에는 하나 가득 환한 웃음이 들어 있었다.

열정과 환호.

결코 외환위기로 인해 고통받고 있는 사람들의 표정이 아니었다.

그 모습을 지켜보던 마에다는 알 수 없는 공포에 휩쓸려 자신도 모르게 몸을 움찔거렸다.

최강철의 경기도 대단했지만, 한국 국민들의 뜨거운 열기를 몸으로 직접 확인하자 어쩌면 자신의 판단이 틀릴지 모른다는 생각이 들었다.

지금 한국 국민들의 얼굴에 담겨 있는 자신감과 열정은 국가의 슬픔 속에서 마음껏 터져 나온 것이라 자신의 머리로는 도저히 이해가 되지 않았다.

뭐, 이런 놈들이 다 있을까.

광화문에 미친놈들처럼 몰려들었을 때도 이해가 되지 않았지만, 기쁨으로 날뛰는 모습을 보자 전율이 치밀어 올랐다.

"뭐 해, 멘트 해야지?"

자신보다 열 살이나 많은 촬영 기자가 카메라를 내밀자 마에다가 급히 마이크를 잡았다.

워낙 대단한 장면을 목격했기에 방송을 해야 한다는 사실조차 잊은 것이다.

주변을 슬쩍 돌아보자 수많은 외신 기자가 한국의 반응을 보도하기 위해 정신없이 움직이고 있는 게 보였다.

"안녕하십니까? 한국 특파원 마에다입니다. 최강철 선수의 승리로 인해 지금 한국은 열광에 빠져 있습니다. 광화문에 모인 50만 군중이 전부 일어서서 환호를 보내는 장면은 거대한 해일을 연상시키고 있습니다. 지금 한국은 외환위기로 인해 국가경제가 힘든 상황이나 국민들은 전혀 개의치 않고 최강철 선수를 응원했습니다. 한국 전국에서 300만의 거리 응원단이 집단 응원을 한 것으로 집계되었다고 합니다. 한국 국민들이 벌인 이 뜨거운 응원은 세계에서 유례를 찾기 어려운 것으로……."

*   *   *

휘태커가 카운트 10에도 일어서지 못하는 순간, 윤성호와 이성일은 미친 듯이 달려들어 최강철을 끌어안았다.

이젠 승리를 할 때마다 트레이드마크가 되어버린 이성일의 목말은 여전히 가랑이를 아프게 만들었지만, 최강철은 당당하게 놈의 어깨에 올라탄 후 태극기를 흔들어댔다.

돈킹의 얼굴은 기쁨으로 입이 찢어질 것처럼 보였다.

보물도 이런 보물이 없다.

매번 압도적인 승리로 엄청난 돈을 벌게 만들어주니 최강철은 그에게 황금 알을 낳는 거위나 마찬가지였다.

관중의 반응도 뜨거웠다.

최강철이 일부러 태극기를 흔들어댔어도 전 세계에서 몰려든 관중들은 허리케인을 연호하며 그의 승리를 축하해 주었다.

한편으로는 아쉬웠을지도 모른다.

워낙 일방적인 경기였고 불과 2라운드만에 끝났으니 오랫동안 세계 최고 수준의 시합을 기대한 관중들에게는 아쉬운 경기였을 것이다.

그럼에도 관중들이 허리케인을 연호하는 것은 그가 보여준 마법 같은 인파이팅에 감동했기 때문이다.

웰터급의 무적이라는 휘태커를 상대로 세계 최강 허리케인의 위용을 다시 한번 직접 확인시켜 줬으니 아쉬움은 있을지언정 불만이 있을 리 없었다.

최강철은 마음껏 승리를 기뻐하다가 뒤늦게 다가온 링아나운서로부터 마이크를 넘겨받았다.

"축하합니다, 허리케인. 매번 느끼는 거지만 정말 대단한 경기였습니다."

"감사합니다."

"세상에서 가장 빠르다는 휘태커 선수를 상대로 단 한 번도 쉬지 않고 접근전을 펼쳤습니다. 이번에는 어떤 전략이었습니까?"

"사각의 링에서 도망자는 절대 살아남지 못한다는 것을 보여 드리고 싶었습니다. 저는 오랜 시간 휘태커 선수의 스피드와 장점을 분석하고 준비했기에 승리할 수 있었습니다."

"오늘은 콤비네이션보다 단발 공격을 주로 하셨는데요, 이것도 미리 준비한 건가요?"

"그렇습니다. 휘태커 선수를 잡기 위해 특별히 고안된 훈련을 해왔는데, 단발 공격은 그 일환이었습니다."

"이제 제2차 세계대전에서 신이 빚은 복서라는 홀리오 챠베스 선수만 남았습니다. 허리케인, 아직도 그와 시합하겠다는 생각엔 변함이 없는 거죠?"

"당연히 그렇습니다. 저는 챠베스 선수가 피하지 않는다면 언제든 그와 싸울 생각입니다."

"그런데 챠베스 선수와 싸우기 위해서는 커다란 문제가 있습니다. 현재 챠베스 선수는 슈퍼라이트급에서 활동하고 있는데 이런 체중 문제는 어떻게 해결할 생각입니까?"

"당연히 그가 웰터급으로 올라와야 한다고 생각합니다. 저를 이기고 싶다면 말입니다. 진정으로 그가 신이 빚은 복서라는 영광스러운 타이틀을 유지하고 싶다면 나를 꺾어야 합니다. 나는 그보다 더 위대한 복서니까요. 나는 이미 웰터급에서 활동하다가 체급을 올려 슈퍼웰터급의 통합 챔피언을 차지했고, 다시 감량을 통해 웰터급으로 내려왔습니다. 그런 저에게 슈퍼라이트급으로 내려오라는 건 싸우지 않겠다는 것과 같은 뜻이라고 생각합니다."

"상식적으로는 당연한 말씀이지만, 홀리오 챠베스 선수가 어떻게 생각할지 걱정되는군요. 여기 계신 관중들은 물론이고 전 세계 복싱 팬은 허리케인과 챠베스 선수의 경기를 간절히 기대하고 있습니다. 부디 두 선수가 잘 합의해서 경기가 성사되었으면 좋겠습니다."

"결코, 실망시켜 드리는 결과를 만들지 않겠습니다."

"다시 한번 허리케인의 승리를 축하하며 그럼 이상으로……."

"잠깐만요. 제가 마지막으로 할 말이 있습니다."

링아나운서가 인터뷰를 끝내려는 순간, 최강철이 그의 행동을 막았다.

오늘은 다른 때보다 인터뷰가 길었기 때문에 서둘러 마치려던 링아나운서가 또 무슨 일이 생길지 잔뜩 긴장된 모습으로 최강철을 쳐다봤다.

그동안 최강철은 경기 후 인터뷰 때마다 전 세계 복싱 팬들을 열광시키는 발표를 해왔기 때문이다.

하지만 최강철은 링아나운서의 뜨거운 시선을 비껴내고 카메라 방향을 향해 몸을 돌리더니 이성일이 가지고 있던 태극기를 자신의 손에 옮겨 들었다.

그러고는 예상과 다르게, 한국어로 화면에 대고 이야기를 시작했다.

"고국에 계신 국민 여러분, 저는 오늘 국민 여러분의 뜨거운 성원으로 인해 다시 웰터급 타이틀을 차지했습니다. 모든 것이 국민 여러분의 사랑으로 인해 비롯된 결과라고 생각합니다. 국민 여러분, 제가 들고 있는 태극기가 보이십니까. 저는 오늘 경기를 준비하며 이 태극기 앞에서 죽어도 부끄러운 모습을 보이지 않겠다고 결심했습니다. 저는 우리 대한민국과 국민 여러분이 외환위기로 인해 고통과 슬픔 속에서 힘들어하시는 걸 잘 알고 있습니다. 하지만 우리는 언제나 다시 일어섰습니다. 불과 얼마 전까지만 해도 우리는 남의 나라의 지배를 받았고 같은 민족끼리 총부리를 겨누며 비참하게 살던 전력이 있습니다. 그럼에도 대한민국의 국민들은 타고난 근성과 비상한 두뇌로 단시간 내에 한강의 기적을 만들어냈습니다. 그렇기에 저는 우리가 다시 일어날 수 있을 거라 확신합니다. 우리는 외환위기라는 이 괴물을 물리칠 수 있습니다. 우리 모두가 당당하게 일어서 맞서 싸운다면 이 위기는 전화위복이 되어 대한민국을 더욱 건강하게 재탄생시킬 수 있을 겁니다. 잊지 말아주십시오. 대한민국 국민들은 절대 그냥 쓰러지지 않는다는 사실을 말입니다."

*　　　　　*　　　　　*

　최강철의 승리로 대한민국은 또다시 태풍이 몰아닥쳤다.

　최강철의 승리는 단순한 복싱 선수의 승리가 아니었다.

　국민들의 영웅이자 외환위기 속에서 한 줄기 빛처럼 찬란하게 솟구치는 희망이었기에 그가 마지막 순간 인터뷰에서 한 말은 대한민국 국민들의 심장에 뜨거운 열기를 불어넣기에 충분했다.

영웅의 한마디는 국민들의 가슴에 자신감을 채웠고, 서로를 바라보는 눈빛이 생생하게 살아나는 기폭제가 되었다.

대통령이 대국민 담화문을 발표한 것은 최강철의 시합이 끝난 다음 날 저녁 무렵이었다.

대통령은 정부 각료를 전부 대동하고 단상에 섰는데, 노안에 새로운 의지가 펄펄 살아 숨 쉬고 있었다.

대국민 담화문의 내용은 간단했다.

외환위기를 벗어나기 위해 대통령은 물론이고 정부 각료가 지금 이 순간부터 전력을 다해 일하겠다는 것이었다.

미리 준비한 것이겠지만, 최강철의 인터뷰로 인해 탄력을 받은 상태였기 때문에 대통령의 발표는 국민들을 충분히 만족시킬 정도로 흡족했다.

그리고 며칠 후.

대통령의 발표와 발맞춰 대한정의당 국회의원 전체가 모인 자리에서 당 대표인 정우석 의원이 외환위기를 벗어나기 위한 정부와 집권당의 정책에 적극 호응하겠다고 발표했다.

각계각층의 호응이 연일 계속되었다.

정치계는 물론이고 경제계와 학계, 언론마저 다시 일어설 수 있다는 자신감을 내보이며 외환위기를 벗어날 방안을 다각도로 내놓았다.

이제 절망은 없었다.

최강철이 승리한 이후 나락으로 떨어진 한국 경제를 되살리자는 여론이 팽팽하게 자리 잡았고, 다시 열심히 뛰자는 각오가 새롭게 솟구쳐 올라왔다.

이것이 최강철의 힘이다.

리더는 구성원이 바른 길로 갈 수 있도록 길을 제시하고 이끄는 힘과 용기가 있어야 한다.

최강철이 보여준 것이 바로 그런 것이었다.

비록 누군가는 그가 보여준 행동을 비난하고 질시하겠지만, 최강철은 대한민국 국민들이 용기를 잃지 않고 현실과 싸워주기를 간절히 바랐다.

제55장
공룡을 잡다

최강철은 시합을 끝내고 집으로 돌아와 휴식을 취하며 시간을 보냈다.

단 2라운드에 불과한 경기였으나 휘태커의 빠른 펀치에 안면을 여러 번 허용한 것이 다음 날이 되자 얼굴이 벌겋게 부어올랐다.

현재 대한민국에서 벌어지고 있는 일들을 그는 알지 못했다.

경기가 끝나고 집으로 돌아와 꼼짝하지 않고 움직이지 않았기 때문이다.

서지영은 3일이나 회사에 출근하지 않고 그를 돌봤다.

업무가 산더미처럼 쌓여 있었지만, 그 어떤 일도 최강철보다 중요하지 않았다.

"오늘은 비도 오는데 김치전 부쳐줄까요?"

"김치전도 할 줄 알아?"

"힛, 배웠지롱. 당신 오면 해주려고."

"그럼 해줘. 김치전 먹으면서 맥주 한잔 마시자."

최강철이 환하게 웃자 서지영이 앞치마를 두르고 부엌으로 향했다.

그 모습이 귀여웠으나 미덥지는 않았다.

서지영은 어려서부터 살림과는 거리가 멀었고, 마이다스 CKC를 맡아 운영하면서 자기 손으로 밥해 먹은 적이 없는 여자였다.

그럼에도 결혼 후에는 뭔가 해보려고 여러 번 시도했는데 워낙 손맛이 없어 결국 매번 최강철이 나설 수밖에 없었다.

이번에도 마찬가지였다.

덜거덕거리면서 밀가루 반죽을 하는 걸 보면서 최강철은 한숨을 길게 내쉰 후 소파에서 일어나고 말았다.

김치전의 반죽은 물처럼 묽게 해야 하는데 그녀가 만든 반죽은 마치 빵을 구울 것처럼 진득했기 때문이다.

"역시 우리 마나님이야. 이거 피자 만들려고 한 거지?"

"응? 왜 뭐가 잘못되었어?"

"줘봐. 김치전은 이렇게 하면 절대 안 돼. 물을 더 넣어야 맛있게 먹을 수 있어."

그녀에게서 그릇을 뺏은 최강철의 손이 빠르게 움직였다.

물을 2컵이나 더 넣어 반죽을 묽게 만든 후 김치와 호박을 꺼내 잘게 썰었다.

그러고는 냉장고에서 마늘을 꺼내 다져 넣고 거기에 계란을 풀어 휘리릭 섞었다.

그걸 본 서지영의 눈이 휘둥그레졌다.

"김치전에 마늘도 넣어? 그러면 맵지 않아?"

"아니. 이렇게 하면 마늘이 밀가루 냄새와 김치의 신맛을 중화해 줘서 맛있게 돼. 먹어봐. 우리 엄마가 하는 방법인데 맛있을 거야. 이제 반죽은 되었고, 저쪽에 있는 식용유 좀 줘볼래."

앞치마까지 두르고 만반의 준비를 한 그녀가 최강철의 지시를 받고 탁자에 있는 식용유를 향해 달려갔다.

그녀는 이미 최강철의 화려한 솜씨에 매료되어 반쯤 넋을 놓고 있었다.

"우와, 우리 신랑, 도대체 못하는 게 없어. 김치전은 언제 또 해봤어요?"

"자취 오래했다고 했잖아. 훈련할 때도 성일이 놈이 가끔

먹고 싶다고 해서 만들어줬어. 자, 봐봐. 식용유는 바닥에 깔
릴 만큼 이 정도로 붓는 거야. 너무 적으면 타고 너무 많으면
느끼해서 맛이 떨어지거든."

식용유를 프라이팬에 휘두르고 반죽이 담긴 그릇을 들어
올린 최강철은 국자로 반죽을 떠서 고르게 폈다.

지글지글.

김치전 익는 소리가 너무나 맛있게 들린다.

"그거 나도 가르쳐 줘요. 그렇게 하니까 요리 전문가처럼 보
이잖아."

서지영은 최강철이 프라이팬을 들고 김치전을 멋지게 뒤집
는 걸 보며 달려들었다.

별것 아니었지만 그녀에게는 너무나 신기한 모양이다.

하지만 이것도 해본 사람이나 하는 것으로 아무나 하는 게
아니었다.

그녀는 몇 번 뒤집으려고 시도하다가 결국 포기하고 뒤로
물러나 우는 시늉을 했다.

그러나 막 구워낸 김치전을 맛본 그녀의 표정은 금방 환하
게 밝아졌다.

입에서 부서지는 바스락거리는 식감, 그리고 그 속에서 씹
히는 김치와 호박의 조화.

처음 맛보는 김치전의 조화에 그녀는 온몸을 배배 꼬며 지

그시 눈을 감고 한참 동안 입술을 오물거렸다.

거실에 오붓하게 앉아 김치전과 함께 맥주를 마시며 음악을 들었다.

밖에는 창문을 때리는 비가 주룩주룩 내리고, 거실에는 셀린네온의 '당신이 나를 사랑하기 때문에'가 은은한 분위기를 만들어냈다.

정말 오랜만에 느끼는 평온함이고 행복이었다.

둘은 비가 내리는 창밖을 바라보며 도란도란 이야기를 나누었다.

그들의 추억과 사랑에 대해서.

얼마의 시간이 지났을까.

분위기에 취해 있던 최강철이 자신도 모르게 서지영의 행복을 깨버렸다.

다른 건 잘해도 여자에 대해서는 젬병이다.

"지영 씨, 엄마가 좀 보자고 하셔."

"어머니가 왜?"

"빨리 아기 데리고 오지 않으면 시집살이 시키시겠대."

"헉! 정말?"

"응. 성일이는 벌써 애를 낳아서 돌이 지났는데 너는 뭘 하나며 역정을 내시더라고."

"쳇, 하늘을 봐야 별을 따지. 이건 전부 강철 씨 책임이에요."

"우리 엄마와 똑같은 말을 하네. 엄마도 그러던데. 같이 있어야 아기가 빨리 들어선다고 지영 씨를 한국으로 데려오라고 하셨어."

"강철 씨도 그렇게 생각해요?"

"당연하지. 난 언제나 지영 씨와 함께 있고 싶으니까."

최강철이 빙그레 웃으며 고개를 돌려 자신을 바라보는 그녀의 이마에 입술을 맞췄다.

그러자 서지영이 입술을 내밀어 그의 입술로 향했다.

뜨거운 입맞춤.

그녀가 먼저 시작한 깊고 깊은 키스가 한동안 계속된 후, 슬며시 입술을 뗀 서지영의 시선이 최강철에게 향했다.

"나도 그래요. 그래서 내가 하던 일을 클로이와 수잔에게 넘겨주고 있었어요. 아직 하던 일이 남았으니까 조금만 더 시간을 줘요. 최대한 빨리 정리하고 당신한테 갈게요."

*　　　　*　　　　*

미국 본사 역시 아시아를 휩쓴 외환위기로 인해 정신없이 움직이고 있었다.

외환위기 전 최강철의 지시로 기존에 보유하고 있던 70억 달러의 주식을 처분한 자금과 델 컴퓨터를 팔면서 확보한 자금으로 세 달 전부터 블루칩들을 쓸어 담고 있었기 때문이다.

마이다스 CKC가 이번 외환위기 사태를 맞아 박살이 난 주식을 쓸어 담는 데 동원한 금액은 무려 230억 달러에 달했다.

경제 규모가 한국과 비교조차 되지 않는 미국 시장에서도 충격을 줄 만큼 거대한 금액이었다.

하지만 마이다스 CKC의 주식 팀은 노련하고 능숙했다.

무려 20% 이상 떨어져 바닥을 기고 있는 블루칩들을 야금야금 쓸어 담으며 시장의 충격을 최소화시킨 것이다.

최강철이 서지영에게 집중적으로 매수를 지시한 것은 애플과 MS, GM, IBM 등 성장 동력과 순이익을 확보하고 있는 최고의 기업들이었다.

하지만 최강철이 가장 큰 관심을 가지고 있는 건 '버크셔 해서웨이'였다.

외환위기가 온다는 것을 알았기에 다른 주식은 전부 처분하란 지시를 내렸지만 '버크셔 해서웨이'만큼은 절대 건드리지 않았다.

그리고 외환위기로 인해 주가가 급격하게 추락하며 매물이 쏟아지자 최강철은 자금을 동원해 매수에 전력을 다했다.

장차 1주당 1억이 넘는 '버크셔 해서웨이'만큼은 반드시 장악할 생각이다.

　　　　　*　　　　　　*　　　　　　*

　최강철은 서지영과 황인혜를 대동하고 캘리포니아로 향했다.

　두 여자는 오랜만에 비행기를 탄다며 좋아했지만 일 때문에 간다는 걸 알기 때문에 비행기에 오른 순간부터는 최강철을 괴롭히기 시작했다.

　"강철아, 넌 왜 올 때마다 나를 끌고 다녀? 너희 둘만 가면 되잖아!"

　"왜, 관장님이 뭐라고 그래요?"

　"그 사람 할 일이 없어서 그런지 온종일 내가 오기만 기다려. 이렇게 출장 때문에 집을 비우면 불안해한단 말이야."

　"하하, 우리 관장님이 결혼 생활 잘하는 모양이네. 누나가 그 정도로 신경 써주는 걸 보니까 신랑 구실 제대로 하는가 봐?"

　"또 이상한 쪽으로 끌고 가네. 자, 이젠 말해봐. 이번엔 뭐니?"

　"호리즌의 에릭 슈미트한테 볼일이 있어요."

　"그건 말했던 거고, 왜 가는 거냐니까?"

　"회사를 하나 만들려고요. 내가 기발한 아이디어가 떠올랐거든."

"넌 도대체… 복싱하면서 그런 생각은 언제 하는 거니?"

"공상을 하다 보면 나도 모르게 좋은 생각이 떠올라. 그때마다 정리해서 이렇게 서류를 만들어요."

최강철이 옆에 있는 가방을 툭툭 쳤다.

그 속에 그가 생각해 낸 아이디어가 숨어 있다는 뜻이다.

"쳇, 말이 쉽다. 그런데 맨날 같이 있으면서 우리 남편은 왜 그런 생각을 못 한다니? 이 인간도 공상 좀 해보라고 쪼아볼까?"

"그러지 마요. 우리 관장님은 나만 가지고도 머리가 지끈거리는 사람이야."

"흥, 가재는 게 편이라더니……."

황인혜가 입술을 삐죽거렸다.

가만히 생각해 보니 윤성호는 그녀보다 최강철과 훨씬 오랜 시간을 보내고 있기 때문이다.

두 사람의 인연, 정말 한숨이 나올 정도로 질기다.

그럼에도 그녀는 금방 표정을 바꾸고 최강철이 툭툭 두들긴 서류 가방을 바라보았다.

"그 속에 든 건 뭔데? 무슨 사업이야?"

"지금은 참아요. 에릭을 만나서 이야기할 거니까 그때 같이 들으세요."

"입 아프게 두 번 말하기 싫다는 거지?"

"빙고."

"그럼 날 데려가는 이유는 뭐야?"

"호리즌에 투자금을 늘려야 해요. 재무 부사장이 있어야 자금 확보를 해줄 거잖아요."

"결국은 돈 마련하라는 거군. 얼마나 되는데?"

"그거야 카운팅해 봐야지."

*   *   *

캘리포니아에 도착해서 호리즌의 빌딩에 들어서자 에릭 슈미트가 현관까지 나와 기다리고 있었다.

호리즌의 빌딩은 최신식 10층 건물로 100여 명의 직원이 근무한다.

사장실로 들어서자 3명의 호리즌 수석 부사장이 자리에 앉아 있다가 벌떡 일어선다.

호리즌을 실질적으로 이끄는 분야별 책임자들로서 모든 실무는 그들의 손에 의해 움직이고 있었다.

"모두 반갑습니다. 오랜만이죠?"

"예, 회장님."

최강철이 부드럽게 인사했지만, 그들의 얼굴은 잔뜩 굳어 있었다.

자신의 목줄을 쥐고 있는 사람.

호리즌에서 그들이 받고 있는 연봉은 미국 동종 업계에서 최고 수준이었고, 복지 또한 마찬가지다. 그렇기에 그들은 최강철을 향해 최대함의 정중함을 나타냈다.

최강철은 가벼운 이야기로 일단 분위기를 풀었다.

회장이라 해서 딱딱한 분위기를 만들면 직원들의 사고가 경직되어 효율적인 회의를 진행할 수 없기 때문이다.

본격적으로 회의가 진행된 것은 자신의 복싱 이야기와 현재의 미국 경기, 아시아의 외환위기 등에 대한 담소를 나눈 후였다.

에릭 슈미트가 먼저 총괄 보고를 한 후 각 분야의 부사장들이 세부 보고를 이어나갔다.

격식이다.

비록 최강철이 경영에 시시콜콜 나서지는 않지만, 회장을 맞이하는 직원으로서의 자세를 잊으면 안 된다.

현재 호리즌은 가입자 수가 3천만 명을 돌파했고 20여 개국에 지부를 설립해 놓은 상태였지만, 수익은 생각한 것만큼 많지 않았다.

아직 기업에서 포털사이트에 대한 인식 부족으로 광고 효과를 크게 보지 못했기 때문이다.

하지만 최강철은 그에 대해 일언반구도 하지 않았다.

에릭 슈미트가 예측한 것처럼 인터넷 시장이 활성화되면 그 어떤 사업보다 엄청난 수익이 발생한다는 걸 알고 있기 때문이다.

"모두 수고가 많았습니다. 제가 오늘 여기에 온 것은 한 가지 부탁과 한 가지 지시를 내리기 위해섭니다."

"말씀하십시오, 회장님."

"호리즌은 검색 엔진으로 탄생했지만 곧 한계에 부딪치게 될 겁니다. 향후 세계는 누가 먼저 혁신적인 아이디어를 창출하느냐에 승패가 결정되기 때문입니다. 호리즌의 검색 엔진은 최첨단을 자랑하기 때문에 조만간 막대한 수익이 창출되겠지만, 거기서 만족하면 결국 어느 순간 위기를 맞이하게 될 거예요. 호리즌이 발전하기 위해서는 혁신을 최우선 과제로 삼아야 합니다. 저는 그것을 말씀드리고 싶었습니다. 직원들의 아이디어를 최대한 끌어내세요. 이노베이션은 꿈입니다. 직원들이 꿈을 꿀 수 있도록 지원해 주세요. 그리고 아이디어가 채택되면 직원에게 커다란 인센티브를 안겨주세요. 그래야 다른 직원들도 계속 꿈을 꾸게 될 테니까요."

"명심하겠습니다."

"유튜브는 어떻게 되어가고 있죠?"

"석 달 전부터 본격적으로 가동하기 시작했습니다. 아직 이

용자 수가 적지만 금방 늘어날 것으로 예상합니다."

"사람들이 좋은 동영상을 올릴 수 있도록 계속 광고를 때리세요. 유튜브는 호리즌의 검색 엔진과 더불어 막대한 수익을 창출할 수 있는 신동력이 될 겁니다."

"그렇게 조치하겠습니다."

"그럼 지금부터 이것을 봐주십시오."

최강철이 자신의 가방에서 서류를 꺼내 회의에 참석한 사람들에게 나누어 주었다.

서류의 전면에는 'personal book 사업 계획서'란 타이틀이 달려 있었는데 전혀 생소한 것이다.

최강철은 사람들이 서류를 다 볼 때까지 차를 마시며 조용히 기다렸다.

사람들의 표정이 시시각각으로 변했는데, 마지막 장을 닫을 때는 그들의 얼굴에 놀람과 의심이 가득 차 있었다.

먼저 입을 연 것은 에릭 슈미트였다.

"회장님, 정말 획기적인 아이디어입니다. 그런데 이것이 구축된다고 해서 사업이 되겠습니까? 아무리 생각해도 이건 사업 아이템으로 적정하지 않은 것 같습니다."

"아닙니다. 'personal book'은 장차 호리즌에 못지않은 수익을 창출할 수 있을 겁니다. 인터넷을 사용하는 사람들은 친구와 가족들의 현재 상황을 늘 알고 싶어 하며, 자신의 이야기를 누군가 봐주길 원하는 특성이 있습니다. 호리즌이 가지고 있는 메일 기능과 전혀 다른 것이죠. 이것을 보고 소셜 네트워크라고 합니다. 앞으로 인터넷 환경은 바로 이 소셜 네트워크를 통해 발전해 나간다는 것이 저의 생각입니다."

"수익 구조는요?"

"광고입니다. 호리즌과는 전혀 다른 영역이니 겹칠 일은 발생하지 않을 겁니다. 사장님, 'personal book'의 시스템 구축에 박차를 가해주십시오. 개략적인 개념도와 구조는 이미 들어 있으니 기술적인 부분만 해결하면 그리 오랜 시간 걸리지 않을 겁니다. 최단기간 내에 준비해 주시길 바랍니다."

최강철은 자신의 지시로 인해 난상토의를 벌이는 사람들을 내버려 두고 슬그머니 일어나 창가로 다가갔다.

이 회의는 꽤 많은 시간이 소요될 것이다.

세부적인 추진 방안이 논의될 것이고, 그에 따른 예산 문제와 조직 보강 등 여러 의견을 나눌 일이 많았다.

그는 창밖으로 펼쳐진 시가지의 정경과 먼 하늘을 번갈아 바라보며 시간을 보냈다.

혁신이란 과제와 'personal book'의 사업 아이템만 던져주고 미래에서 구글이 기획한 획기적인 기술들에 대해서는 입을 열지 않았다.

바로 삼성전자가 조만간 자신의 품으로 들어오기 때문이다.

안드로이드 운영 체계, 웹 스토어, 인공지능, 가상현실 등 수많은 미래 기술에 대한 연구는 호리즌이 아니라 삼성전자에서 실현시킬 계획이다.

대한민국을 세계 제일로 만들기 위한 초석을 만들고 싶었다.

미국에 기반을 둔 자신의 사업체들은 그런 미래를 만들어 가기 위한 자금 확보처에 지나지 않는다.

그가 지니고 있는 자산은 계속 천문학적으로 늘어날 테지만, 여기서 그만둘 생각은 전혀 없었다.

버는 족족 한국에 투자해서 대한민국의 미래를 만들어 나갈 것이다.

얼마가 들어도 상관없었다.

대한민국이 세계 최강의 기술력을 보유할 수만 있다면 자신이 가지고 있는 모든 것을 쏟아부어도 전혀 아깝지 않았다.

*   *   *

세상일은 그 누구에게도 하나를 처리하면 하나가 마무리되지 않는다. 또한 마음에 드는 것과 그렇지 않은 일이 교차하면서 나타난다.

중앙일보를 필두로 몇 개의 신문에서 마이다스 CKC에 대한 기사가 터지기 시작한 것은 최강철의 시합이 끝난 후 3일이 지난 때부터였다.

신규성이 피닉스그룹의 사장단을 전부 동원해서 대부분 언론을 막았으나 중앙일보와 몇 개의 신문은 막을 수가 없었다.

기사의 내용은 짧고 강렬했다.

정동그룹을 집어삼킨 마이다스 CKC란 미국 자본이 삼성전자를 노리고 있다는 것이었다.

대부분 언론이 침묵한 상태였기에 처음의 반향은 그리 크지 않았다.

하지만 삼성에서 지분을 가지고 있는 중앙일보가 집요하고 집중적으로 마이다스 CKC를 두들겼다. 삼성전자만큼은 한국의 자존심을 걸고 반드시 지켜야 한다는 기사를 계속 내보내자 국민들의 동요가 시작되었다.

그만큼 삼성전자가 한국 경제에 미치는 포지션이 컸다.

더군다나 지금은 외환위기 상태였고, 한참 극복 운동이 일어나고 있는 상황이었기에 국민들의 반발이 거세게 일어났다.

신규성이 급하게 제우스를 찾은 것은 인터넷상에서 피닉스그룹의 불매운동이 시작되었기 때문이다.

인터넷 파워 유저들은 마이다스 CKC 한국 침공에 대해 분개하며 선동을 시작했는데, 그 뒤에는 삼성이 있는 게 분명했다.

현재까지 마이다스 CKC 연합이 확보한 삼성전자의 주식은 20%를 약간 넘은 상태였다.

내일부터 금산분리법에 의해 삼성생명이 보유한 주식이 시장에 나오기 때문에 지금 이대로라면 최강철이 지시한 30%를 확보하는 데는 아무런 문제가 없을 터였다.

하지만 상황이 점점 좋지 않았다.

최대 지분을 확보하기 위해 마이다스 CKC가 확보한 지분은 현재까지 9%였는데, 삼성의 사주를 받은 중앙일보는 그에 그치지 않고 자신들의 그림자 연합이 보유한 12%의 주식 내용까지 상세하게 까발리고 있었다.

국민 여론이 악화되면 더 이상 주식을 매수하기 어려워진다.

벌써 재무부에서 마이다스 CKC 쪽에 반협박 전화를 해오고 있었는데, 시간이 지날수록 점점 압박은 강화될 것이다.

"김 사장님, 아직 회장님은 연락이 없습니까?"

"지금 출장 중이라는군요. 곧 조치를 취하신다니까 기다려 보시죠."

"시간이 없습니다. 이대로라면 매수를 중단해야 됩니다."

여유 있는 김도환의 대답에 신규성의 얼굴이 일그러졌다.

그는 정부에서 압박을 가해왔다는 사실을 알면서도 전혀

서두르지 않고 있었다.

"내일 우리 쪽 언론들이 반대 기사를 내보낼 겁니다. 그동안 중앙일보를 비롯한 몇몇 신문의 기사와 상충되는 내용이죠."

"피닉스그룹에 관한 내용을 말씀하시는 겁니까?"

"그렇습니다. 제우스에서는 언론에 피닉스그룹의 내부 상황에 대해서 홍보 자료를 배포해 놓은 상탭니다. 외환위기 속에서도 건실한 재무 구조를 유지하고 직원들의 복지 상태가 대한민국에서 최고 수준이라는 사실에 대한 기사입니다. 이런 기사가 나가면 국민들의 반발이 크게 줄어들 겁니다."

"아뇨, 그렇지 않을 거예요. 뒤에 삼성이 없다면 수그러들겠지만, 삼성이 움직이는 한 국민 여론은 시간이 갈수록 악화될 겁니다."

"잠시만 지켜보시죠. 저도 생각하고 있는 게 있습니다. 회장님이 곧 조치하신다니까 그것이 터지면 정부가 움직이지 못하도록 압박을 하겠습니다. 회장님을 믿고 기다리세요. 그분이 이런 상황을 알면서도 그냥 넘어갈 것 같습니까?"

"정말 걱정이네요. 시간이 없는데……."

"여유를 갖고 숨 좀 돌리세요. 우리 커피나 한잔할까요?"

*　　　　*　　　　*

미국의 시사주간지 '타임'의 경제 전문 기자 해밀턴은 한 통의 전화를 받고 얼굴이 허옇게 변했다.

그동안 수없이 취재 요청을 해도 꿈쩍하지 않던 마이다스 CKC의 대표이사가 만나겠다는 연락을 해온 것이다.

'타임'은 세계에서 가장 영향력 있는 인사들도 출연하고 싶어 하는 1순위 언론 매체였으나, 어쩐 일인지 마이다스 CKC는 지금까지 한 번도 인터뷰 요청에 응하지 않았다.

해밀턴은 오래전부터 마이다스 CKC를 주목해 왔다.

그들의 투자 방식이 놀라울 정도로 능동적이고 그 성과가 엄청나다는 것을 알고 있었기 때문이다.

지금도 선풍적인 인기를 얻고 있는 델 컴퓨터를 시작으로 막대한 이윤을 창출하고 있는 시스코, 앞으로의 성장 가능성이 무한하다고 평가되는 호리즌과 엠파이어가 모두 그들의 수중에 있었다.

근래 들어 델 컴퓨터의 지분을 모두 정리했지만 대신 한국의 피닉스그룹을 통째로 집어삼켰고, 보유한 거대 기업들의 주식과 부동산은 또 얼마나 되는지 추측조차 되지 않는 실정이다.

작년 말 기준으로 세계 10대 투자기업을 선정하면서 해밀턴은 상당한 고민 끝에 마이다스 CKC를 누락시켰다.

워낙 철저히 베일에 가려져 있어 그들의 자산이 얼마나 되는지 알 수 없었기 때문이다.

다른 기업들은 자신들의 성과를 노출하기 위해 안달을 냈지만 마이다스 CKC 쪽에서는 어떤 자료도 나오지 않았다.

해밀턴이 촬영기사를 대동하고 뉴욕의 마이다스 CKC 본사를 찾은 것은 전화를 받은 그 다음 날이었다.

정말 미친 듯이 달렸다.

베일에 싸여 있는 마이다스 CKC 대표이사를 만나는 것은 세계 모든 언론을 통틀어서 그가 최초였기에 흥분과 긴장감으로 몸이 떨릴 정도였다.

소문은 들었고 멀리서 찍은 사진도 봤다.

하지만 불과 30대 중반의 아름다운 여성이 CEO라는 사실만 알려졌을 뿐, 그녀에 관한 것은 전부 베일에 싸여 있었다.

여러 번 왔지만 올 때마다 마이다스 CKC의 건물은 사람을 위축되게 만든다.

5년 전 지어진 30층짜리 건물을 통째로 썼는데 정문에 설치된 조형물부터 위압적이다.

조형물의 정체를 처음에는 알지 못했지만, 나중에 그것이 불사조라는 것을 듣게 되었다.

불사조에 대해서 알아봤더니 절대 죽지 않는 전설의 새였다.

정문을 지키는 보안 요원에게 신분을 밝히자 한쪽에 서 있던 정장을 입은 사내가 다가왔다.

"해밀턴 기자십니까?"

"예, 그렇습니다."

"사장님께서 기다리고 계십니다. 저를 따라오시죠."

정중한 목소리.

자신을 기획실장이라 밝힌 사내를 따라 초고속 엘리베이터를 타고 25층으로 올라갔다.

사내는 멋들어진 장식이 달린 방 앞으로 그를 안내한 후 들어가라는 시늉을 했다.

호흡을 가다듬고 천천히 문을 열었다.

드디어 신비한 투자회사 마이다스 CKC의 대표이사를 만나는 순간이었다.

"어서 오세요."

해밀턴은 자신을 향해 다가와 손을 내미는 여인을 확인하곤 길게 숨을 들이마셨다.

정말이다. 꽤 아름다운 미인이었다.

"타임지의 해밀턴입니다. 이렇게 만나 뵙게 되어 영광입니다."

"저는 마이다스 CKC의 대표이사 클로이입니다. 갑자기 전화를 해서 놀라셨죠?"

"예, 그렇습니다. 그동안 한 번도 인터뷰에 응하지 않으셔서 전화를 받고 상당히 놀랐습니다."

"일단 앉으실까요?"

클로이가 환한 미소를 지으며 긴장을 풀지 못한 해밀턴에게 자리를 권했다.

그가 자리에 앉자마자 비서가 차를 가지고 들어왔다.

에스프레소.

그가 자주 마시는 커피였는데 가장 좋아하는 칠레산이 분명했다.

커피를 한 모금 마신 후 클로이의 얼굴을 바라봤다.

무섭다.

마이다스 CKC는 이미 자신의 커피 스타일까지 알아보고 준비해 놓은 것이 분명했다.

"여러 번 인터뷰 요청을 했는데 번번이 거절해서 죄송해요. 제가 워낙 바쁘다 보니 시간을 내기가 어려웠어요. 그래서 전화를 드린 겁니다. 타임지는 가장 유력한 언론인데 일부러 피하는 인상을 주면 안 될 것 같아서요."

"고맙습니다. 이렇게 기회를 주신 것만으로도 저는 영광스럽게 생각합니다."

"미안하지만 제가 시간이 그리 많지 않아요. 그러니까 바로 시작하시는 게 어떨까요?"

"그렇게 하겠습니다. 먼저……."

해밀턴은 어젯밤에 부랴부랴 준비해 온 질문을 하기 시작했다.

시간이 없다고 하니 괜히 조바심이 났지만 그는 하나하나씩 꼼꼼하게 마이다스 CKC에 대한 궁금증을 물었다.

회사의 규모, 지금까지의 투자 내역, 자산 현황, 앞으로의 투자 계획에 관한 것들이다.

클로이는 작정한 듯 그의 질문에 자료까지 주면서 성실하게 답변했는데, 그녀의 답변에 따라 해밀턴의 얼굴이 허옇게 변해 갔다.

그야말로 자신의 상상을 초월하는 자산과 주식을 보유하고 있었기 때문이다.

그러나 그가 기절 직전까지 간 것은 사모펀드로서 화이트 섀도가 된 배경과 마이다스 CKC의 투자자들에 관한 질문을 하고 난 후였다.

"마이다스 CKC는 회장님의 뜻에 따라 긴 안목을 가지고 우량 기업에 투자하고 있습니다. 환투기를 한다거나 기업사냥을 하지 않는 것은 정상적인 경제 흐름을 망치면 안 된다는 회장님의 뜻이 있었기 때문입니다."

"회장님이 따로 계셨습니까?"

"그렇습니다. 마이다스 CKC의 최고경영자는 회장님이세요."

하아, 이것도 처음 듣는 소리다.

마이다스 CKC의 대표이사가 회사의 모든 경영을 하는 줄 알았다. 따로 회장이 있을 줄은 상상조차 하지 못했다.

그럼에도 그는 금방 놀람을 접고 질문을 이어나갔다.

"아무리 회장님의 뜻이 그렇다 해도 투자자들이 요구한다면 버티기 힘들 텐데요. 투자자들은 자신들의 이윤을 극대화하는 것을 원하지 않습니까?"

"우리는 화이트 섀도의 길을 가면서 그 어떤 블랙 섀도보다 훨씬 큰 이윤을 남기고 있습니다. 그리고 마이다스 CKC는 투자자들의 불만이 있을 수 없어요."

"그건 왜 그렇습니까?"

"바로 마이다스 CKC의 자본이 모두 회장님 개인 소유이기 때문입니다."

"허억! 그 말이… 정말입니까?"

질문한 해밀턴은 귀신의 목소리를 들은 것처럼 숨이 넘어갔다.

기가 막혀서 말이 나오지 않았다.

포브스에서 발표한 세계 100대 부호의 1위는 MS의 빌 게이츠였고 그다음이 워렌 버핏이다.

하지만 포브스조차 모르는 비밀을 그는 알고 있었다.

MS의 빌 게이츠가 1위에 오른 것은 윈도우의 소유권이 공동으로 되어 있다는 게 반영되지 않았다는 것이다.

그리고 오늘 그는 클로이로 인해 MS 윈도우의 공동 소유권이 마이다스 CKC의 회장에게 있다는 것을 알게 되었다.

몸이 부르르 떨렸다.

이 사실이 세상에 알려지게 된다면 경제계가 발칵 뒤집힐 것이다.

빌 게이츠의 재산은 300억 달러로 추정되고 있지만, 클로이가 개략적으로 알려준 자료만 가지고도 마이다스 CKC 회장의 재산이 그것을 훨씬 상회하는 것으로 판단되었다.

그랬기에 그는 놀란 와중에도 질문을 멈추지 않았다.

"마이다스 CKC의 회장님은 누굽니까?"

"그건 말씀드릴 수 없어요."

"알려주지 못한단 말입니까? 사장님, 지금 말씀하신 게 사실이라면 그분은 세계 최고 부호에 오를 수도 있습니다. 이것은 비밀로 해서는 안 되는 일입니다."

"회장님께서는 자신의 신분이 노출되는 것을 원하지 않으십니다. 그분이 경영 일선에 나서지 않는 것은 그런 이유가 있기 때문이에요."

"경영에 전혀 상관하지 않으신단 말입니까?"

"아뇨, 마이다스 CKC의 중요 투자 지시는 그분이 내리십니다. 제가 말씀드린 것은 회사의 일에 간섭하지 않는단 뜻이었어요."

"그림자 경영입니까?"

"맞아요."

"정말 들을수록 궁금해지는군요. 그런 분이 미국에 있다는 것을 아무도 몰랐다니 정말 어처구니없는 일입니다. 믿어지지 않는 일이에요."

"그분은 미국 분이 아닙니다."

"예?"

이번에도 놀랐다.

마이다스 CKC는 미국에서 사업을 시작했기에 당연히 미국인으로 생각했는데, 그게 아니라고 하자 머릿속이 갑자기 하얗게 변했다.

그럼 누구란 말인가?

언뜻 중동의 사우디아라비아나 쿠웨이트, 중국의 대부호 등이 연상되었지만 금방 고개를 흔들었다.

추측을 하기에는 사안이 너무 컸기 때문이다.

클로이의 입이 천천히 열린 것은 그가 가르쳐 달라는 듯 그녀를 한없이 바라보고 있을 때였다.

"회장님은 대한민국 사람입니다."

                    *   *   *

　마이다스 CKC의 상황은 점점 더 악화되어 갔다.

　김도환이 우호 언론을 동원해서 마이다스 CKC가 얼마나
건실한 기업인지 홍보했으나, 중앙일보와 몇몇 언론, 인터넷을
활용한 삼성의 끈질긴 공격을 막아내기에는 역부족이었다.

　대한민국 국민들의 애국심은 전 세계적으로 유명하다.

　만약 애국심만 가지고 따진다면 이스라엘과 더불어 쌍벽을
이룰 것이라는 게 세계인들의 평가이다.

　외환위기를 맞아 금 모으기 운동을 한 것만 봐도 알 수 있
다.

　해외 언론은 금 모으기 운동을 보면서 한국 사람들의 이해
하지 못할 애국심을 연일 토픽으로 터뜨렸다.

　그런 국민들이 한국의 대표 기업을 외국 자본이 장악하는
걸 그냥 두고 볼 리 없었다.

　더구나 광고 때문에 주춤거린 다른 언론들까지 서서히 문
제를 제기하면서 마이다스 CKC의 한국 진출에 대해 부정적
인 시각을 내비치자 여론은 최악으로 치달았다.

　개인택시 운전사인 김씨가 휴게실에서 동료들과 커피를 마
시며 떠드는 화제도 삼성전자에 관한 것이었다.

　"글씨, 이게 말이 되느냐고. 이 시끼들이 대한민국을 홍어

좆으로 보는 게 틀림없어. 가뜩이나 건실한 기업들이 광광 나가떨어지는 마당에 말이여. 그나마 삼성전자가 잘 버티는데 마이다슨가 뭐시긴가 낼름 집어먹을라고 한다는게, 말이 돼?"

"그놈들이 그렇게 돈이 많다며. 이것들이 아주 통째로 한국을 집어삼키려고 하는 거여, 뭐여. 이것 참, 열받아서 못 살겠구먼."

"우리나라를 이렇게 만든 놈들하고 똑같은 놈들이여. 전부 끌고 가서 한강 물에 처넣어야 혀."

김씨와 최씨가 주고받으며 목소리를 높이자 옆에 있던 택시 기사들이 한마디씩 거들었다.

그때 일행 중에서 가장 젊은 정씨가 나섰다.

"그래도 걔들은 기업 운영 하나는 잘하는가 봐요. 피닉스 그룹 보세요. 마이다스 CKC가 인수하고 나서 주가가 세 배나 뛰었어요. 거기 다니는 친척이 있는데 월급도 세고 직원 복지도 최고 수준이래요."

"최고고 나발이고 필요 없어. 우리나라 기업은 우리나라 사람이 운영해야 되는 거여. 그래야 우리나라를 위해 돈을 쓸 거 아녀. 그놈들은 돈 벌어서 전부 지네 나라로 가져간당께."

"맞어, 맞어. 우리나라 사람들은 그놈들 돈 벌어주는 기계로 전락하는 거여. 절대 넘겨주면 안 돼!"

여론이 악화 일로를 걷자 금산분리법에서 체면을 구긴 제 1야당은 적극적으로 정치 공세를 펼치기 시작했다.

정부가 제대로 일을 하지 못했기 때문에 한국의 건전한 기업들이 외국 자본에 침략당하는 사태가 계속 벌어진다는 것이었다.

한편으로는 사실이기도 했다.

외환위기 이후 한보를 시작으로 삼보, 대농, 기아차, 한라 등 이름만 들어도 알 만한 대기업들이 무너졌다.

하지만 사정을 알고 보면 웃기지도 않는 일이었다.

외환위기를 초래한 주범은 현재의 집권당이 아니라 이전 정권에서 호의호식하던 제1야당이었기 때문이다.

그럼에도 그들은 삼성의 지원 아래 필사적인 공격을 감행했다.

정부가 책임을 지고 삼성전자에 들어와 있는 외국자본을 퇴출해야 한다는 주장이었다.

임시국회가 열린 국회의사당에 팽팽한 긴장감이 서리기 시작했다.

국민 여론이 악화되면서 제1야당이 재무부 장관의 보고를 들어야 한다고 주장했기 때문이다.

재무부 장관 엄영호는 국회로 들어와 삼성전자 사태에 대해 이렇게 보고했다.

"지금 우리나라 주식시장은 자유경제를 근본으로 삼고 있습니다. 그렇기 때문에 마이다스 CKC가 지배권을 행사할 정도로 주식을 확보했다 해서 정부가 직접 나설 수는 없는 일입니다. 만약 정부가 나서서 그들을 제재한다면 미국을 비롯한 강대국들의 압박이 거세질 겁니다. 또한……."

장관의 보고가 끝나자 제1야당 소속 의원들이 벌 떼처럼 일어났다.

국민의 여론을 모르고 하는 개소리라는 것이다.

제일 먼저 자리를 박차고 일어난 것은 여훈구였다.

그는 금산분리법을 결사반대하면서 단식 농성까지 한 삼성의 하수인이다.

명문대 경제학과를 나와 군사정권에서 재무부 장관을 지낸 그는 제1야당의 경제 분야 전담 공격수였다.

"장관, 그게 말이 되는 소립니까? 대한민국은 자주국이에요. 미국과 강대국의 눈이 무서워 삼성전자를 내준다는 게 말이 된다고 생각합니까? 생각해 보세요. 외환위기로 수많은 기업이 부도를 냈습니다. 그런 와중에 삼성전자까지 외국인의 손에 넘어간다면 우리나라는 뭘 먹고산단 말입니까? 삼성전자는 우리나라의 상징이란 말입니다."

"그래도 현실적으로 무작정 막을 수는 없습니다."

"이봐요, 그렇게 말해도 모르겠습니까? 방법이 없긴 왜 없어요. 그들을 막을 의지만 있다면 방법은 수도 없이 많습니다.
내가 방법을 가르쳐 줄까요?"

"예, 가르쳐 주십시오."

재무부 장관 엄영호의 얼굴이 시뻘겋게 변했다.

마치 자신을 어린애처럼 다루는 여훈구의 태도에 화가 났기 때문이다.

지금은 장관이란 직책을 맡고 있기에 국회에 나와 죄인처럼 보고하는 중이지만 그 역시 3선을 지낸 국회의원이었다.

그럼에도 여훈구는 계속해서 소리를 버럭버럭 질렀다.

"참으로 일국의 재무부 장관이 한심하기 짝이 없군요! 좋습니다! 가르쳐 드리죠! 만약 정부에서 나섰는데도 그들이 말을 듣지 않으면 아예 삼성전자를 침몰시키는 겁니다! 우리가 가질 수 없다면 외국 놈들에게 주느니 자폭시키잔 말입니다!"

"그런 말도 안 되는……."

"말이 안 된다고요? 오죽 답답하면 이럽니까! 정말 장관은 국민의 여론을 무시하고 삼성전자를 내줄 생각이란 말이오? 그러고도 그 자리에 있고 싶소! 자존심을 지켜요, 자존심을!"

울분에 찬 목소리.

회의장에 울려 퍼지는 그의 목소리는 그 옛날 절대 조선을 일본에 내줄 수 없다며 피를 토하던 충신들의 한 맺힌 음성과 비슷했다.

할 말은 수도 없이 많았으나 재무부 장관 엄영호는 더 이상 반박하지 못하고 침묵을 지켰다.

회의장에 들어온 수많은 기자가 그의 모습을 찍고 있었기 때문이다.

여기서 더 나서면 죽는다.

여론이 악화될 대로 악화된 상태에서 자신이 마이다스 CKC를 옹호하는 것처럼 반박한다면 당장 내일 국민들이 던진 짱돌에 맞아 죽을 것이다.

여훈구의 말대로 마이다스 CKC를 제재할 방법은 수도 없이 많았고, 실질적으로 실무국장들이 회유와 협박을 수시로 했다는 보고도 들었다.

하지만 외환위기 상황에서 미국의 눈치를 보지 않을 수 없었다.

마이다스 CKC는 미국을 대표하는 투자회사였기 때문에 정부가 나서서 그들을 불법적으로 커팅한다면 미국이 나서게 될 가능성이 컸다.

정말 이러지도 저러지도 못하는 상황.

그때 대한정의당의 최철성이 자리를 박차고 일어나 엄영호를 엄호했다.

"여훈구 의원의 주장은 시장경제에서 말도 안 되는 일입니다. 장관님의 말처럼 미국은 물론이고 강대국과의 관계를 고려한다면 있을 수 없는 일이에요. 지금 우리나라는 외환위기로 인해 보유한 외환이 불과 30억 달러에 불과합니다. 여기서 여훈구 의원의 주장처럼 외국 투자 자본을 내친다면 우리나라는 커다란 대미지를 입을 수밖에 없어요. 외국의 투자 자본이 정부의 지나친 간섭으로 빠져나간다면 자칫 IMF의 지원을 받고도 국가 부도가 날 수 있다는 걸 왜 모릅니까. 더군다나 마이다스 CKC는 미국은 물론이고 전 세계적으로 건실한 투자회사라는 것이 익히 알려져 있습니다. 지금 우리나라 기업들을 집어삼키는 기업사냥꾼들과 완벽하게 다른 회사예요."

"그렇다면 당신은 우리나라를 대표하는 기업이 외국 자본에 넘어가도 좋단 말이오?"

"만약 마이다스 CKC가 외국 자본이 아니라면 어쩔 겁니까? 그래도 반대할 생각입니까?"

"지금 장난하자는 거요? 지금이 어떤 자린데 그런 농담을 지껄인단 말이오!"

여훈구가 펄펄 뛰며 소리를 고래고래 지르자 제1야당의 의원들이 벌 떼처럼 일어나 최성철을 성토했다.

신성한 국회에서, 그것도 국가의 중요 기업이 외국 자본에 먹히느냐, 마느냐 하는 이 마당에 일국의 국회의원이 농담을 한다며 집단으로 들고일어났다.

하지만 그런 소란에도 집권당과 대한정의당 의원들은 조용히 자리에 앉아서 대응하지 않았다.

집권당이야 이 소란에 끼어들고 싶지 않은 것이지만, 대한정의당 의원들은 사전에 묵계가 있었기 때문이다.

최성철의 입이 다시 열린 것은 국회의장의 중재로 인해서 제1야당의 의원들이 흥분을 가라앉히고 자리에 앉았을 때다.

"존경하는 동료 의원님들이 말씀하신 것처럼 저는 국회의원으로서 이곳에서 농담이나 하자고 일어난 것이 아닙니다. 다시 한번 묻겠습니다. 마이다스 CKC가 외국 자본이 아니고 대한민국의 자본이라면 어떻게 하겠습니까?"

"이 사람이 아직도 정신을 못 차리고……."

"조용히 하세요! 그리고 대답을 하란 말입니다! 마이다스 CKC가 대한민국의 자본이라면 어떻게 하겠소?"

"그렇다면 우리가 미쳤다고 반대를 해! 당신, 계속해서 이렇게 회의를 방해할 거면 당장 나가! 여기는 당신 같은 사람이 있을 자리가 아니야!"

"나는!"

여훈구가 다시 소리치자 그 모습을 지켜보던 최성철이 벼락처럼 고함을 내질렀다.

그의 목소리가 쩌렁하게 회의장을 울렸는데 제1야당 의원들의 행태에 대한 울분이 담겨 있었다.

"나는 어제 미국의 지인으로부터 한 가지 소식을 들었습니다! 그는 타임지의 편집국장으로 저와 하버드대에서 같이 공부한 사람입니다! 그의 말에 따르면 마이다스 CKC의 회장은 한국 사람이고 마이다스 CKC의 자본은 전부 그의 자산이라더군요! 내 말을 믿지 못하겠다면 이번 주 타임지를 보면 알게 될 거요! 그러니 당신들이 직접 입으로 내뱉은 약속 반드시 지키시오! 나보고 국회의원 자격이 없다고 했지요? 내가 봤을 때 국회의원 자격이 없는 건 당신들인 것 같소! 국가가 누란의 위기에 처해 있는 이때, 재벌의 주구가 되어 국민들을 호도하고 떡고물이나 바라는 당신들의 작태가 역겨워서 같이 앉아 있기도 싫습니다! 그러니 제발 정신들 좀 차리란 말이야!"

*   *   *

대학생이라면 집에 한 권씩은 꼭 있고, 누군가는 폼을 잡기 위해 들고 다니는 잡지가 있다.

바로 타임지였다.

영어를 공부하는 사람들에게는 필수적인 잡지였고, 전 세계적으로도 가장 유명한 잡지가 바로 타임지다.

세계에서 벌어지는 정치, 경제, 사회, 군사는 물론이고 환경과 과학 분야까지 안 다루는 분야가 없는데, 워낙 정확하고 심도 있는 기사를 쓰기 때문에 전 세계인의 사랑을 한 몸에 받고 있었다.

타임지의 상징은 바로 표지 타이틀이었다.

대표적인 기사를 나타내는 표지 모델로 수많은 인사의 얼굴이 실렸는데, 표지에 실린 사람은 전부 지구에서 가장 유명한 사람이었다.

하지만 이번 주는 사람 대신, 가운데 물음표가 담긴 사람 얼굴 형상이 표지를 장식하고 있었다.

사람들은 처음엔 표지를 보고 전부 갸우뚱거렸다.

이런 표지는 처음 보았기 때문이다.

그러나 타임지에 사람 형상의 그림자가 왜 실렸는지 알게 된 전 세계의 독자들은 전부 경악 속으로 빠져들었다.

기사의 내용은 베일에 싸여 있는 마이다스 CKC의 회장에 관한 것이었는데, 그가 대한민국 사람이고 마이다스 CKC의 자산이 전부 회장 소유라는 사실과 대략적인 자산 내역이 담겨 있었다.

어마어마한 규모.

타임지가 추정한 마이다스 CKC 회장의 자산 규모는 무려 700억 달러에 달해, 세계 부호의 순위가 지금까지 잘못되었다는 걸 알려줬다.

문제는 그의 정체가 베일에 싸여 있다는 것이었다.

세계 역사상 유례를 찾아보기 어려운 그림자 경영을 하면서 오직 대한민국 사람이라는 것 이외에는 정체가 오리무중이었다.

남잔지 여잔지는 물론이고 나이와 학력, 경력 등이 전부 비밀이었기에 타임지의 표지에 물음표가 담긴 게 분명했다.

*　　　　*　　　　*

삼성전자 기술 연구소의 김민수와 어윤천은 휴게실에서 타임지를 앞에 두고 커피를 마시며 이야기를 나누고 있었다.

그들은 같은 시기에 입사했는데 나이도 같았기 때문에 편하게 지내는 사이였다.

어윤천은 김민수가 가져온 타임지를 보고 아직도 놀란 얼굴을 숨기지 못하고 있었다.

"우와, 정말 마이다스 CKC의 회장이 우리나라 사람이란 말이야?"

"그렇다잖아. 설마 타임지가 거짓말을 하겠어?"

"피닉스그룹이 잘나가는 이유가 있었군."

"그러게 말이야. 기사를 보니까 마이다스 CKC의 규모가 대단하더라. 삼성은 게임도 되지 않아."

어윤천이 말을 해놓고 주위를 슬며시 돌아보았다.

혹시라도 누군가 봤다면 결코 자신의 신상에 이로울 리 없는 이야기였다.

하지만 멀찍이 몇 사람만 있을 뿐 주변에 아무도 없는 걸 확인한 그는 목소리를 조금 죽이며 말을 이어나갔다.

"김 과장, 너는 어떻게 생각해?"

"뭘?"

"마이다스 CKC가 삼성전자의 경영권을 차지하는 거 말이야."

이번에는 김민수가 주변을 돌아봤다.

그러고는 훨씬 더 줄어든 목소리로 대답했다.

"그동안 나는 가족은 물론이고 친구들과 만나는 사람들한테 절대 그런 일은 안 된다고 이야기했어. 나 역시 우리 회사가 외국 자본에 넘어가는 건 받아들이기 힘들었거든. 하지만 지금은 생각이 달라졌다."

"마이다스에 넘어가도 괜찮다는 거야?"

"삼성보다 훨씬 못하던 피닉스그룹이 벌써 재계 서열 5위까지 치고 올라왔어. 내가 봤을 때 조만간 걔들은 삼성과 선두를 다투게 될 거야. 그만큼 마이다스 CKC의 자본력과 기업 운영이 뛰어나다는 것이지. 내 친구가 피닉스에 있는데 그놈 자부심이 대단하더라. 임금이나 복지는 둘째 치고 옛날 정동과 회사의 기풍이 완전히 달라졌대."

"어떻게?"

"회사의 중요 방침을 결정할 때 전 직원의 의견을 묻는단다. 직원들의 의견을 최우선으로 한다는 거지. 직원들의 아이디어를 적극적으로 수용하고, 무엇보다 중요한 것은 기술 개발에 전력을 기울인다는 거야. 걔들 목표가 세계 최고의 기업이 되는 거라더군."

"삼성에서는 꿈도 꾸지 못할 일이구먼."

"그리고 난 그 마이다스 CKC의 회장이라는 사람이 마음에 들어. 돈을 가진 자들은 권력을 행사하고 싶어 발광하는데, 그 사람은 피닉스그룹을 인수한 후 아예 얼굴조차 보이지 않았대. 모든 경영은 그 기업 분야에서 최고의 지식을 가진 전문 사장한테 맡기고 자율적으로 운영할 수 있도록 전권을 줬다는 거지."

"그게 사실이라면 우리나라 재벌하고는 근본적으로 다른 사람이다. 유능한 전문 경영인이 운영하는 회사는 미래가 밝을 수밖에 없어. 그런데 우리나라 재벌들은 능력 없는 후계자한테 그룹을 물려주려고 지랄을 하니까 나라가 이 모양 이 꼴이 된 거야."

"그래서 삼전이 마이다스 CKC에 넘어가는 게 좋겠다는 생각이 들었어. 기업 정신을 지키고 미래에 대한 과감한 투자, 막대한 자본을 가진 그들이 경영하면 삼성전자는 세계에서 누구도 넘볼 수 없는 기업으로 성장하게 될 테니까."

"쉽지는 않을 거야. 총수 일가가 정재계에 뿌려놓은 인맥이 얼마나 넓은지 너도 알잖아. 제1야당이 국민 여론 어쩌고 하면서 결사적으로 반대한 것도 오랜 세월 그들을 관리해 온 총수 일가의 힘이 작용한 게 분명해. 삼성전자를 잃으면 삼성은 껍데기만 남아. 그러니까 아마 죽기를 각오하고 싸우겠지."

*　　　　*　　　　*

타임지의 영향력은 컸다.

마이다스 CKC의 회장이 한국 사람이라는 게 밝혀지자 끈질기게 외국 자본 운운하면서 물고 늘어지던 중앙일보와 삼성의 우호 언론들이 슬그머니 입을 닫았고 정치권도 공세를 멈췄다.

악화되었던 국민 여론이 자연스럽게 바뀐 것은 마이다스 CKC 쪽 우호 언론들이 적극적으로 나선 것도 있지만, 그동안 지켜보던 인터넷 유저들의 활약이 주효했다.

인터넷을 사용하면서 여론을 주도하는 젊은이들은 마이다스 CKC의 광팬으로 변해 오히려 역으로 삼성전자가 마이다스 CKC에 편입해야 된다며 거품을 물었다.

이렇게 외환위기를 당한 이유는 바로 재벌의 구조적인 악습

에 의한 것이니 이제부터라도 정상적인 기업 운영이 필요하다
는 주장이었다.

대한민국의 자본.

그것도 세계에서 가장 강력한 투자회사를 지배하는 것이
한국 사람이라는 게 알려지자 오히려 국민들의 반응이 호의
적으로 바뀌기 시작한 것이다.

삼성의 경영 전략 본부장 최윤택이 총수의 집무실에 들어
선 것은 타임지의 기사가 나온 다음 날이었다.

그의 얼굴은 굳어질 대로 굳어져 있었는데 최근 들어 마음
고생이 심했는지 초췌해진 상태였다.

"회장님, 제1야당에서 손을 떼겠다는 연락을 해왔습니다.
여기서 더 진행할 수 없다더군요."

"당연히 그렇겠지. 그놈들은 달면 삼키고 쓰면 뱉는 놈들이
니까."

"이제 결정을 하셔야 합니다. 이미 놈들은 우리보다 많은
지분을 확보한 상태라서 경영권이 위험해졌습니다. 현재까지
는 우리 우호 지분을 합치면 겨우 경영권 방어가 가능하나,
그들이 계속 우리를 지지한다는 보장이 없습니다."

맞는 말이다.

총수 일가에 우호적인 외국의 투자 자본은 전부 합쳐 7% 정
도 되었기에 아직 총수와 삼성이 가지고 있는 지분을 전부 합

치면 마이다스 CKC 연합과 거의 비슷한 수준이었다.

문제는 총수 일가에 우호적이던 외국 투자 자본이 흔들릴 가능성이 농후하다는 것이다.

그가 알아낸 정보에 의하면 벌써 몇 개의 외국 자본은 마이다스 CKC의 삼성 진출을 환영하는 분위기였다.

총수 일가가 삼전을 방어하기 위해서 최소 7% 이상을 추가 확보한다면 그동안 신뢰를 쌓아온 우호 세력도 다시 총수 일가를 지지하겠지만, 현재와 같은 상황이라면 배신할 가능성이 농후했다.

당장 현재 주가로 봤을 때 1,700억의 현금이 있어야 된다는 뜻이다.

하지만 삼성 계열사의 융자가 철저하게 막혀 있는 상태였기 때문에 그 돈의 출원은 고스란히 총수가 떠맡아야 하는 실정이다.

그렇기에 최윤택은 말을 꺼내놓고 총수의 눈치를 살폈다.

지금 이런 상황에서 전 재산을 내놓는다는 건 커다란 모험일 수밖에 없었다.

국가가 외환위기에 처해 있기 때문에 삼성전자의 상황 역시 좋지 않았다.

거기에 반도체 가격이 급락하면서 매출은 줄어들고 외국 자본의 단기 자금 상환 요구가 거세지는 상황이었다.

지금까지는 그동안 축적해 놓은 보유 자금으로 막고 있었지만, 언제 위기가 닥칠지 알 수 없었다.

기업의 미래가 불투명하다는 뜻이다.

가장 무서운 것은 국가의 외환 상태가 위태롭다는 것이다.

IMF 구제금융을 받았으나 겨우 국고에는 30억 달러만 남아 있는 상태였다.

언제 죽어도 찍소리 못할 상황.

만약 다시 한번 환투기꾼들이 대한민국을 목표로 한다면 삼전은 물론이고, 삼성그룹 전체가 삼보나 한라처럼 나가떨어질 수도 있었다.

총수의 표정은 변함이 없었다.

이런 위급한 상황에서 그는 소파에 몸을 기댄 채 손을 깍지 끼어 입에 대고 포커페이스를 유지했다.

이런 면이 무섭다.

날 때부터 다른 사람을 부리는 황제로 태어났기 때문인지 그는 웬만한 일에는 눈 하나 깜짝하지 않았다.

"언제까지 필요하지?"

"삼성생명의 물량이 2% 정도 소화되었습니다. 나머지 7%는 제가 홀딩해 놨습니다. 재무부에서 계속 독촉하고 있지만 아직 견딜 만합니다. 하지만 오래 버티지는 못할 것 같습니다."

"마지막 최후의 수를 써보고 결정하지. 그게 안 된다면 움직일 테니 잠시만 기다려."

*   *   *

신규성과 김도환은 일식집 '긴자'에서 술을 마시며 즐거움
을 숨기지 않았다.

전혀 생각하지 못한 방법으로 일을 해결해 버린 최강철의
행동에 웃음을 멈출 수 없는 것이다.

"우리 회장님이 그런 방법을 쓸 줄은 정말 꿈에도 생각하지
못했습니다."

"워낙 비상한 분이니까요."

"그래도 정체는 밝히지 않았더군요. 만약 정체가 밝혀졌다
면 전 세계가 뒤집혔을 텐데요."

"그렇죠. 아마 그랬을 겁니다."

"그런데 이상합니다. 왜 타임지에서 회장님의 정체를 추적
하지 못한 걸까요?"

"회장님의 신분을 알 수 있는 유일한 방법은 국세청의 자료
를 열람해야 나옵니다. 마이다스 CKC 쪽에서는 개인 신분이
노출되지 않도록 미국에서 가장 강력한 변호사를 선임해 그
들의 입을 막아놓은 상태예요. 물론 CIA 쪽에서는 알 수 있
겠지만, 그쪽도 조치해 놨다고 하더군요. 마이다스 CKC는 회

장님의 신분 보호를 위해 할 수 있는 모든 방법을 동원했습니다. 내 생각에는 이번 타임지와 인터뷰를 하면서도 회장님의 신분에 대해서 어떤 추적도 허락하지 않았을 겁니다. 마이다스 CKC는 그 정도의 힘이 있으니까요."

"김 사장님은 왜 회장님이 정체를 밝히지 않았다고 생각하십니까?"

신규성이 궁금증을 참지 못하고 물었다.

마이다스 CKC 한국 지부를 운영하고 있었지만, 최강철에 대한 것은 김도환이 알고 있는 것보다 훨씬 적기 때문이다.

김도환은 벌써 17년째 최강철과의 인연을 이어왔고 정보 팀을 이끌면서 자신이 알지 못하는 사실에 대해 많은 것을 알고 있었다.

김도환이 잠시 멈칫한 것은 대답을 해줘야 하는지에 대한 고민이 있었기 때문이다.

워낙 중요한 일이기에 비밀이 누설되는 건 결코 바람직하지 않은 일이었다.

그럼에도 김도환은 잠시 신규성을 바라보다가 천천히 입을 열었다.

좌청룡 우백호.

한국에서 최강철에게는 이 두 명이 그런 사람이다.

"회장님은 원대한 구상을 하고 계십니다. 정체가 밝혀지면

곤란한 일이 한두 가지가 아니지요."

"원대한 구상이라는 게 무엇입니까?"

"회장님께서는 대한민국이 세계 최강이 되기를 원하십니다."

"세계 최강!"

그의 입에서 저절로 신음이 새어 나왔다.

최강철을 겪으면서 놀란 게 한두 번이 아니지만 이번에는 정말 놀랐다.

어쩌면 최강철은 세계 최고의 부자가 되려는 야망이 있을지 모른다는 생각을 해본 적이 있으나, 대한민국 전체를 변화시켜 세계 최강으로 만들려는 야망을 가졌다는 건 생각지도 못한 일이다.

김도환이 다시 입을 연 것은 놀란 신규성이 급히 앞에 놓인 맥주잔을 들어 목을 축일 때였다.

"비룡에 들어간 돈이 벌써 20억 달러가 넘습니다. 그 돈이 어떻게 쓰이고 있는지 아십니까?"

"모릅니다. 회장님께서는 비룡이 원하는 대로 자금을 주라는 지시만 내렸으니까요."

"이제야 말씀드리지만 비룡의 관리는 제우스가 하고 있었습니다. 비룡이 하는 일은 정보 차단이 최우선이기 때문이죠."

김도환이 미안한 표정을 지었지만, 신규성은 서운한 내색을 하지 않았다.

자금 집행은 그가 했으나 비룡에 투자된 돈은 전부 미국 본사에서 흘러 들어온 것이다.

더군다나 그는 경제통이었기 때문에 방산업체에 관한 것은 알지 못했고, 피닉스그룹을 신경 쓰는 데만 해도 정신이 없어 비룡에 관한 것까지 신경 쓸 겨를이 없었다.

"그런데 왜 비룡 이야기를 갑자기 꺼내시는 겁니까?"

"회장님께서는 비룡과 피닉스그룹을 대한민국의 양대 축으로 생각하고 계십니다. 비룡은 이미 사거리 1,000㎞의 미사일을 개발 완료한 상태입니다. 아직 시험에 들어가지는 않았지만, 자체적인 기술력을 확보한 것이죠."

"1,000㎞요? 우리나라는 180㎞짜리밖에 개발이 안 되는 것으로 알고 있는데요?"

"그렇죠. 옛날 박통 때 ICBM(대륙간 탄도미사일)을 개발하는 백곰 프로젝트를 진행하다가 미국에게 노출되는 바람에 코가 꿰이고 미사일 사거리가 제한되었습니다. 전두환이 쿠데타를 일으켜 정권을 잡으면서 병신처럼 먼저 양해 각서를 체결하는 바람에 지금에 이른 것입니다."

"그런데 어떻게 1,000㎞ 미사일을 개발했어요? 정부나 미국에서 알면 엄청 곤란한 일이 벌어질 텐데 말입니다."

"우리나라는 우리가 지켜야 합니다. 누군가의 협박에 의해 언제까지 주는 것만 받아먹고 산단 말입니까?"

"그건 그렇죠. 하지만 그 비밀이 노출되면 비룡은 문을 닫아야 합니다."

"그래서 철저하게 비밀을 지키고 있습니다. 현재 미국의 CIA가 비룡을 주시하고 있어요. 만약 놈들이 알면 그냥 두지 않을 테니 말입니다."

"걱정되는군요."

"미사일도 미사일이지만 비룡은 지금 전투기 개발에 박차를 가하고 있습니다. 소련과 프랑스, 인도 등에서 세계 최고의 기술진을 확보했기 때문에 몇 년 후면 국산 전투기가 생산될 수 있을 거예요."

갈수록 태산이라더니 꼭 이럴 때 쓰는 말이다.

비룡이 탄생한 것은 7년 전이지만 공장과 실험 시설, 연구진이 확보된 것은 불과 2년 전이다.

그런데 벌써 미사일과 전투기의 생산이 추진되고 있다는 것이다.

어쩐지 엄청난 돈이 들어간다고 했다.

아무리 방산업체라 해도 불과 7년 만에 20억 달러가 투입되었다는 건 경제통인 그로선 전혀 이해가 되지 않는 일이었다.

더군다나 비룡은 지금까지 돈만 잡아먹고 있었지, 한 푼도 돈을 벌어본 적이 없고, 정부 지원도 받지 못하는 상태였다.

어떤 사업가가 이런 짓을 할 수 있단 말인가.

최강철이 아니었다면 그 누구도 시도조차 해볼 수 없는 일이었다.

하지만 그의 놀람은 아직 끝나지 않았다.

"회장님께서는 조만간 대우조선을 인수하실 겁니다. 곧 지시가 내려올 테니 준비하고 계시는 게 좋아요."

"부실 덩어리인 대우조선을요?"

"그렇습니다."

"대우조선만은 절대 안 됩니다. 비룡은 그렇다 쳐도 대우조선은 돈 먹는 하마예요. 더군다나 지랄 같은 노조 때문에 수시로 파업이 벌어져 엉망진창이 된 회사란 말입니다. 그냥 두면 금방 쓰러질 회사를 뭐 하러 인수한단 말입니까?"

"회장님은 돈을 벌려고 대우조선을 인수하려는 게 아닙니다."

"설마……."

"맞습니다."

김도환이 빙그레 웃자 신규성의 얼굴이 일그러졌다.

이런 상황에서 최강철이 대우조선을 인수하려는 목적은 단한 가지밖에 없었다.

비룡이 하고 있는 미사일과 전투기에 이어 대한민국의 해상 전력을 향상시키는 것에 목적이 있는 게 분명했다.

정말 어이가 없는 일이다.

아무리 생각해도 최강철은 자신이 신이라고 착각하고 있는 모양이다.

국가가 해야 할 일을 혼자 도맡아서 하고 있으니 아무리 재산이 많아도 바닥이 나는 건 시간문제이다.

그렇기에 그는 긴 신음을 흘려내면서 고함을 질렀다.

"도대체 그 많은 돈은 어쩌려고 그런답니까? 생각해 보세요. 내가 군사 전문가는 아니지만 비룡에서 개발한 미사일과 전투기는 이제 시작 단계에 불과해요. 막상 본격적으로 물건을 만들면 천문학적인 돈이 들어가게 된단 말입니다. 회장님이 아무리 돈이 많아도 그건 불가능한 일이에요. 그런데 거기에 대우조선까지 사들여 돈을 처박는다고요?"

"어렵다는 거 회장님도 잘 압니다. 그런데도 그분은 반드시 하신다고 하네요."

"그냥 살면 되잖아요. 이렇게 없는 사람들 도와주면서 살면 되는데, 왜 그리 어려운 일을 하려는 겁니까?"

"아까 말씀드린 것처럼 회장님은 대한민국을 세계 최강으로 만들고 싶어 하십니다. 미사일과 전투기가 완성되면 조만간 미국의 압박이 시작될 겁니다. 그렇기에 회장님은 대한정의당을 만든 거예요. 자주국의 초석을 만들 생각인 거죠. 신 사장님, 재밌지 않습니까? 이렇게 미친 야망을 품은 회장님과 같이 일하고 있다는 게 말입니다."

                    *   *   *

　많은 사람이 모르는 게 있다.

　미국을 비롯한 강대국은 오직 한 가지를 추구하고 있는데, 그것은 바로 다른 중소 국가들이 핵무기를 갖지 못하도록 만드는 것이다.

　이유?

　그것은 간단하다.

　핵무기를 제외한다면 전투기를 비롯한 어떤 무기를 개발한다 해도 자신들을 위협하지 못한다는 자신감 때문이다.

　그랬기에 그들은 세계 평화 운운하면서 핵무기 개발을 필사적으로 막고 있었다.

　또 한 가지 제약 조건이 미사일이었다.

　하지만 미사일은 독일과 이탈리아, 일본 등 전범 국가에게만 제한을 두었을 뿐, 다른 나라에는 특별한 제약을 두지 않았다.

　수많은 목숨을 단박에 살상할 수 있는 핵은 그렇다 쳐도 미사일까지 제약한다는 것은 국가의 주권을 무시하는 처사라며 세계 모든 나라가 강력하게 반발했기 때문이다.

웃기는 건 그런 상황에서 대한민국이 미국의 압박에 굴복해 미사일 사거리의 제한을 받고 있다는 것이다.

미국이 한국을 압박하고 있는 이유는 더욱 간단했다.

대한민국이 미사일을 개발해서 스스로 자위권을 확보할 경우 한국에 주둔하면서 중국과 러시아를 견제한다는 명분이 사라진다.

더군다나 대한민국은 무시무시한 잠재력을 가진 나라이기 때문에 만약 압도적인 군사력을 갖출 경우 북한과의 통일을 시도할 것이고, 그게 성공할 경우 동북아시아에 새로운 강자가 탄생하게 되는 것이다.

미국으로도 벅찬데 중국과 일본, 러시아의 이해관계가 맞아떨어졌으니 대한민국의 미사일 개발은 강대국들의 격렬한 반대에 부딪쳤다.

그랬기에 미국은 박정희 대통령의 ICBM 개발 계획을 알게 되었을 때 주한 미군 철수라는 카드를 내밀었고, 중국과 일본은 무역 보복 운운하면서 대한민국을 굴복시켰다.

버티지 못했다.

당시는 북한과의 경제 수준 차가 적었고, 군사력에서도 우위에 있지 못했다. 그렇기에 미국과 강대국들의 압박을 견뎌낼 수 없었다.

누군가는 한국전쟁 때 도와준 미국을 은인이라 생각하며 왜 그리 부정적인 시각을 가지느냐고 말하겠지만, 현실이 은폐되고 왜곡되었을 뿐 그보다 더한 일이 수도 없이 많았다.

최강철이 정일환 박사에게 사거리 1,000㎞ 미사일 '천궁 1호'의 개발이 완료되었다는 보고를 받았을 때, 더 긴 장거리 미사일 개발 추진 지시를 내리면서도 개발된 미사일의 실험을 하지 못하도록 만든 것은 아직 미국과 상대하기에 대한민국의 힘이 부족했기 때문이다.

때가 필요했다.

정치적으로, 그리고 군사적으로도 더 강해졌을 때 붙어야 한다.

그때가 온다면 전두환이 조공 바치듯 미국과 약속한 양해 각서를 산산이 찢어버리고 새로운 세상을 향해 비상할 수 있었다.

그렇기에 그는 먼저 전투기의 제작에 올인했다.

전투기의 설계도가 완성된 이상, 전폭적인 지원이 지속된다면 최대 3년 이내에 비룡이 만들어낸 국산 전투기 '불사조'가 하늘을 날게 될 것이다.

지금도 금산의 천만 평 땅에는 끝없이 최첨단 공장들이 세워지고 있었다.

전투기 제작에 필요한 부품 공장들이다.

물론 이 중 상당수가 미사일 제작에 필요한 공정을 소화할 수 있도록 만들어졌지만, 대외적으로는 항공기의 부품 공장으로 위장되어 있었다.

김도환이 우려한 것처럼 비룡에 들어가는 돈은 막대했다.

록히드 마틴사의 최신예 전투기 제작 속도를 따라잡기 위해서는 앞으로도 어마어마한 투자가 지속되어야 한다.

록히드 마틴사는 일 년에 20대의 전투기를 생산할 수 있는 능력을 보유하고 있었다.

비룡을 그렇게 만들 생각이다.

록히드 마틴사에 비해 역사가 짧고 모든 것을 새로 시작해야 되는 핸디캡을 가졌지만, 세계 최고의 연구진과 기술진이 속속 합류하고 있으니 오랜 시간 지나지 않아 충분히 따라잡을 수 있을 것이다.

문제는 돈이었다.

정부에서는 미국 전투기의 구매를 최우선으로 하기 때문에 이제 막 발을 뗀 비룡의 전투기는 성능이 확보되는 순간까지 오랜 시간 스스로 살아남아야 한다.

다시 말해서 정부의 도움 없이 혼자 버텨야 한다는 뜻이다.

그래서 삼성전자를 반드시 피닉스그룹에 편입시키고 성장시킬 생각이다.

앞으로 미국 자본을 한국으로 끌고 들어오는 게 점점 어려워질 것이다.

아직은 괜찮았지만 자신이 미국에서 벌어들인 자금 이동에 대해 미국 정부가 벌써 견제를 시작했기 때문에 어떡하든 대한민국의 기업을 육성해서 자금을 확보할 필요성이 있었다.

시스코를 비롯해 호리즌과 엠파이어를 상장시키지 않은 이유도 바로 그것이다.

미국 정부의 압박을 피하기 위해서는 주식을 상장시키지 않아야 벌어들인 돈의 자금 이동이 그나마 편하기 때문이다.

그는 기업의 운영자가 아니라 단순 투자자로서의 신분이었으니 미국 정부의 압박에서 어느 정도 벗어날 수 있었다.

마이다스 CKC의 회장이 대한민국 사람이라는 타임지의 보도가 나간 후 정부의 압박이 사라졌고, 국민의 여론도 반대로 돌아섰다는 보고가 들어왔다.

언젠가는 세상에 노출되겠지만 버틸 수 있을 때까지 버텨 볼 생각이다.

그리고 노출되어도 상관없었다.

언론에만 나서지 않는다면 자신의 존재는 서서히 그림자 속으로 사라질 테니 말이다.

신규성은 어제부터 다시 삼성전자의 매수를 시작했는데, 앞으로 한 달 정도면 목표한 30%를 채울 수 있다고 했다.

하지만 예상치 못한 일이 생겼다.

마이다스 CKC가 삼성전자를 장악한다는 사실이 알려지면서 주가가 폭발적으로 오르고 있다는 것이다.

물론 자금은 충분했기에 개의치 않았지만, 신규성은 그에게 속도를 늦추자는 제안을 해왔다.

자신에게 맡겨주면 현재의 주가 수준에서 매수를 완수하겠다며 시간을 더 달라고 한 것이다.

무슨 뜻인지 안다.

막대한 주식과 자금을 보유한 자들은 자기 뜻대로 주가를 조작할 수 있었다. 밀고 당기며 흔들면 웬만한 투자자들은 전부 나가떨어질 수밖에 없다.

최강철은 그의 말을 들으며 웃었다.

역시 주식 전문가의 머릿속은 어쩔 수가 없다는 생각 때문이다.

"신 사장님, 코 묻은 돈 때문에 삼성전자를 놓치면 안 됩니다. 어차피 사장님께 맡겨두었으니 저는 관여하지 않겠지만, 삼성 총수의 반응만큼은 예의 주시해야 됩니다. 만약 총수가 자신의 현금을 동원해서 주식을 사들인다면 우리는 지금보다 더 큰 손실을 보게 될지도 모릅니다. 차라리 주가가 오르도록 내버려 두십시오. 아예 삼성 총수가 손댈 생각조차 하지 못하도록 만드는 게 좋지 않겠습니까?"

＊　　　　＊　　　　＊

비서실장 이병춘이 대통령의 집무실에 들어선 것은 오후 5시 무렵이었다.

오전에 5.18행사에 참여하고 돌아온 대통령이 잠시 휴식을 취한 다음인데, 그는 한참 동안 기다리다가 천천히 집무실로 들어섰다.

"어서 오게."

"대통령님, 피로는 풀리셨습니까?"

"그렇지, 뭐. 나이가 드니까 조금만 움직여도 힘이 드는구면. 오늘 저녁에 있는 행사 때문에 왔나?"

"아닙니다. 저기……."

"뭔데 그래?"

"삼성 총수가 대통령님께 면담을 요청해 왔습니다. 최대한 빨리 만나고 싶다는군요."

"이유는?"

"아무래도 마이다스 CKC 건 때문이 아닌가 합니다."

이병춘이 대답하자 대통령이 고개를 천천히 끄덕인다.

그가 현재 벌어지고 있는 삼성전자 사태에 대해 모를 리가 없었다.

처음에는 대통령 역시 마이다스 CKC가 삼성전자의 경영권을 장악하려 한다는 사실을 탐탁하게 여기지 않았다.

재벌에 대해 그리 호의를 갖고 있지 않았지만, 외환위기가 한참 진행되고 있는 현실에서 외국 자본이 국내 최고의 기업을 인수한다는 건 대통령으로서 받아들이기 힘든 일이었다.

하지만 대통령은 잠시 생각하다가 입을 열었다.

"그 친구가 경영을 잘한다고 했지?"

"예, 대통령님. 돌아가신 그의 부친이 그를 보고 천재라고 했지요. 실질적으로 그룹을 맡고 난 후 혁신을 하면서 삼성그룹의 체질을 완벽하게 변화시켰습니다. 지금은 외환위기 때문에 잠시 휘청거리고 있지만, 대한민국 대기업 중에서 노조 때문에 골머리를 앓지 않는 건 삼성이 유일합니다."

"그래, 나도 그렇게 들었어."

"대통령님, 할 말이 많은 것 같은데 만나 보시는 게 어떻습니까?"

"들어오라고 해. 내가 그 친구 부친한테 신세 진 게 많아. 그리고 선거 때 도움도 받았잖아."

"알겠습니다. 그럼 이틀 후에 들어오라고 하겠습니다. 그날은 공식 행사가 잡혀 있지 않으니까요."

"그러지. 그리고 말이야. 오늘 외환은 어때?"

"여전히 좋지 않습니다. 이제 조금 형편이 펴서 50억 달러를 확보한 상탭니다. 하지만 여전히 힘든 상황입니다."

"휴우……."

비서실장의 대답을 들은 대통령의 얼굴이 굳어졌다.

노구로 장거리를 갔다 와서 피곤한 것도 있겠지만, 그는 요즘 단잠을 자지 못할 정도로 스트레스를 받고 있었다.

모든 것이 힘들고 괴로운 일 천지였다.

기업들은 허리띠를 졸라매며 겨우겨우 버티는 중이고, 국민들은 아직도 고통 속에서 허덕거리고 있었다.

그의 꿈은 오직 하나, 대통령의 자리에 오르는 것이었다.

50년의 정치 인생 동안 민주화를 위해 싸워오면서 대통령에 올라 대한민국을 변화시켜 보겠다는 야망을 키워왔다.

하지만 대통령의 자리는 시간이 거듭할수록 점점 그의 목을 죄어왔다.

외환위기에 처한 상태에서 당선되었지만 잘할 수 있을 것이라 자신했다.

자신의 경륜과 오랜 정치 생활을 하면서 얻은 인재들을 활용한다면 어떤 대통령보다 멋지게 국정을 운영하여 위기에 처한 국가를 일으켜 세울 수 있을 것으로 생각했다.

하지만 대통령이란 자리에 오른 지 불과 5개월 만에 심신이 지쳐 이제 그만두고 싶다는 생각이 간절했다.

상황은 최악이었고, 자신의 능력으로 할 수 있는 게 아무것도 없었기 때문이다.

　　　　*　　　　　*　　　　　*

　삼성 총수가 청와대로 들어오자 이병춘이 현관에서 기다리고 있다가 손을 내밀었다.

　말은 하지 않았지만 이병춘 역시 삼성의 도움을 여러 번 받은 사람이다.

　국회의원 선거 때도, 그리고 집안의 대소사 때도 삼성에서는 매번 그를 챙겼기 때문에 총수를 무시하기 어려웠다.

　그랬기에 대통령에게 면담을 허락하자는 의중을 슬그머니 내비친 것이다.

　"어서 오세요."

　"면담을 성사시켜 주셔서 고맙습니다."

　"무슨 말씀을… 당연히 해야 할 일이죠. 들어가실까요. 기다리고 계십니다."

　이병춘은 그를 데리고 집무실로 향했다.

　총수의 발걸음은 무거웠지만, 표정만은 여전히 무슨 생각을 하고 있는지 알 수 없을 만큼 평온했다.

　청와대는 대한민국의 심장이다.

　그럼에도 전혀 위축되지 않은 모습을 보이고 있으니 과연 삼성제국의 총수답다.

집무실의 문을 열고 이병춘이 그를 데리고 들어서자, 소파에 앉아 있던 대통령이 힘들게 일어나 그를 맞아들였다.

"어서 오시오. 그동안 잘 지냈소?"

"대통령님, 이렇게 건강한 모습을 뵈오니 영광입니다. 국정 운영에 노고가 많으신데 접견을 허락해 주셔서 고맙습니다."

"허허, 삼성의 총수가 만나자는데 당연히 자릴 만들어야죠. 자, 앉읍시다."

대통령이 손짓으로 자리를 권하고 먼저 앉자 총수가 왼쪽 자리에 앉으며 비서실장을 바라봤다.

이제 되었으니 자리를 비켜달라는 신호이다.

하지만 그는 즉시 자리를 비키지 않고 비서가 차를 가져온 후에야 방을 나갔다.

늑대들은 언제나 본론을 먼저 말하지 않는 법이다.

두 사람은 차를 마시며 경제 상황과 현재 벌어지고 있는 주요 사안들에 대해 이야기를 나누며 시간을 보냈다.

마음속에 들어 있는 이야기는 전혀 다른 것이었지만, 두 사람 모두 쉽게 본론으로 들어가지 않았다.

하지만 먼저 입을 연 건 총수였다.

그 역시 산전수전 다 겪은 사람이었지만 50년 동안 정치를 하면서 갖은 풍상을 지나온 대통령을 이길 수는 없었다.

"대통령님, 제가 뵙자고 한 것은 지금 삼성의 처지가 곤란해

졌기 때문입니다. 갑자기 금산분리법이 강화되는 바람에 삼성생명에서 가지고 있던 삼성전자의 주식이 공중분해되며 마이다스 CKC가 경영권을 위협하고 있습니다."

"알고 있어요. 꽤나 상황이 어려워졌더군요."

"제 생각에는 금산분리법을 강화한 게 마이다스 CKC의 짓이 아닌가 하는 의심이 듭니다. 그들이 대한정의당을 동원해서 법을 흔들어놓았다는 정황이 포착되었습니다."

"무슨 말씀이오?"

"대한정의당은 신생 정당으로서 불특정한 자금을 사용하고 있습니다. 알아보셨겠지만 그들의 자금 출처는 의문투성이입니다. 집권당과는 전혀 다른 행태로 당을 운영하는데 그 실체가 드러나지 않습니다. 그래서 저희가 은밀히 확인해 본 결과 출처가 불분명한 현금이 사용되고 있었습니다."

"음……."

역시 여우다.

한 번에 두 가지를 꺼내 들어 여러 가지 생각을 하게 만드는 수법은 그의 부친과 닮았다.

총수가 말한 집권당 운운한 것은 삼성이 그동안 지원해 준 것을 잊지 말라는 무언의 압박이었고, 대한정의당에 대한 것은 마이다스 CKC가 집권당에 결코 이롭지 못한 존재라는 걸 부각하는 것이다.

하지만 대통령은 쉽게 말려들지 않았다.

"내가 알기로 마이다스 CKC를 이끄는 사람이 한국 사람이라고 하더군요. 은밀히 미국 쪽에 확인해 본 결과 맞다는 사실을 알아냈어요. 나는 미국에 친구들이 많거든요."

"그가 누군지 가르쳐 주실 수 있겠습니까?"

"글쎄요, 그게 정확하지 않아서……."

총수는 대통령의 태도를 보면서 의심쩍어했으나 계속해서 말을 이어나갔다.

뭔가 아는 듯했지만 노회한 대통령의 표정에서 무언가를 더 찾아낸다는 건 불가능한 일이었다.

"대통령님, 정체가 밝혀지지 않는 것도 의심스러운 일입니다. 잘못한 것도 없는데 왜 정체를 숨기겠습니까. 저는 혹시 마이다스 CKC가 미국 측의 사주를 받은 게 아닐까 하는 생각을 해봤습니다. 외환위기도 미국의 자본이 만들어낸 거 아니겠습니까. 그들이 대한민국의 최대 기업을 통째로 삼키기 위해 위장 전술을 쓰지 않는다고 어떻게 확신할 수 있을까요?"

"그건 아니오."

총수의 말에 대통령의 얼굴에 쓴웃음이 떠올랐다.

의문에 대한 확신이 담겨 있는 얼굴이다.

총수의 표정이 처음으로 변했다.

그가 오늘 이 자리까지 온 것은 무슨 수를 쓰든 마이다스 CKC를 삼성전자에서 몰아내기 위함이다.

그래서 그는 세 가지를 준비해 왔다.

첫 번째는 마이다스 CKC가 대한정의당을 지지한다는 것이고, 두 번째는 미국에 대한 의심이다.

마지막에 대한 것은 이 두 가지에 대한 대통령의 반응을 보고 제시할 생각이었는데 대통령의 확신을 보자 불안감이 확 올라왔다.

"아시는 것이 있으면 말씀해 주시지요."

"마이다스 CKC는 국내에서 피닉스그룹 이외에도 다른 기업을 운영하고 있습니다. 그런데 그 기업이 방산업체요. 이건 국가의 극비 사항이기 때문에 자세한 건 말해줄 수 없으나 사실이오. 그들은 천문학적인 돈을 투자하고 있어요. 아무런 득도 없이."

"으……"

"나 역시 삼성전자가 마이다스 CKC에 넘어가는 걸 원하지 않았어요. 하지만 그곳의 회장이 한국 사람이란 게 밝혀진 이상 막을 명분도 없고 그럴 수도 없는 입장이오. 그들이 여기서 철수하게 되면 대한민국은 엄청난 타격을 받게 될 거요. 국가에서는 그들이 방산업체를 세워서 고전하는데 아무런 도움도 주지 못하고 있는 실정이오. 정부에서 할 수 있는 모든 편의를 봐주고 있지만 회사 운영에 대한 자금에 대해서는 어떤 지원도 못 해주고 있단 말이오."

정말 놀라운 일이다.

대통령은 그들의 투자 금액을 말하지 않았으나 직감으로 알 수 있었다.

다른 것도 아니고 방산업체이다.

정확히 어떤 것인지 모르겠지만, 대통령이 질색할 정도면 소규모가 아니라는 뜻이다.

금방 금산 쪽에 비룡이란 회사가 세워졌다는 경영전략 팀의 보고 내용이 떠올랐다.

정부의 통제로 인해 언론에서 전혀 보도하지 않았으나 무려 천만 평 규모의 공장이 세워졌다는 소릴 듣고 의아함을 감추지 못했다.

그 정도라면 국내 제일의 규모로 손색이 없기 때문이다.

그럼에도 워낙 외지에 있고 실체가 드러나지 않았기 때문에 관심을 끊었는데, 이제 와서 생각해 보니 그게 대통령이 말한 방산업체인 모양이었다.

그랬구나. 그래서 삼성의 막강한 로비에도 정부가 제대로 움직이지 않은 것이구나.

어이가 없기도 하고 황당하기도 했다.

어떤 미친놈이 그런 규모의 투자를 할 수 있단 말인가.

국가의 입장에서 본다면 천하의 둘도 없는 애국자이겠지만, 경영을 하는 자신의 입장에서 본다면 죽으려고 환장한 놈이나 다름없었다.

그랬기에 그는 대통령의 얼굴을 바라보며 갈등 속에 사로잡혔다.

이런 상황이라면 마지막 제안이 통할 리 없었다.

그럼에도 입을 열 수밖에 없던 건 그가 가지고 있는 삼성전자에 대한 미련이 그만큼 컸기 때문이다.

선친으로부터 물려받은 가업을 자신의 대에서 뺏긴다는 건 죽기보다 싫은 일이었다.

"대통령님, 그들이 왜 그런 짓을 하는지 모르겠지만, 확실한 건 마이다스 CKC가 대한정의당을 지원하고 있다는 것입니다. 필요하다면 제가 증거자료를 보내 드리겠습니다. 내 편이 아니면 적이지 않습니까. 무섭게 성장하는 대한정의당을 견제하기 위해서는 대통령님께서 삼성을 안아주셔야 됩니다."

"음……."

"대통령님, 삼성은 신의를 저버리지 않습니다. 저희 손을 잡아주시면 충심을 다해 보필하겠습니다. 저를 믿어주십시오. 삼성전자는 대한민국의 대표 기업입니다. 그런 삼성전자가 정체도 불분명한 투자회사에게 넘어가게 내버려 두시면 절대 안 됩니다. 대통령님, 삼성을 구해주시길 이렇게 간절히 부탁드리겠습니다."

총수의 시선이 눈에 띄게 떨린다.

아버지로부터 물려받은 삼성전자를 지키고 싶다는 열망은 그의 포커페이스까지 허물어뜨리고 있었다.

천천히 그의 손이 움직여 품속으로 들어갔다.

그런 후 하얀 봉투가 악마의 숨결처럼 은밀하게 모습을 드러냈다.

그의 손에 들린 하얀 봉투는 대통령 앞으로 공손하게 내밀어졌는데, 가벼웠음에도 더없이 무겁게 느껴졌다.

그때, 그동안 평온한 모습으로 총수를 대하던 대통령의 표정이 무섭게 굳었다.

지금까지 인자하던 표정은 온데간데없었고 두 눈에서 파란 번개가 쏟아져 나오고 있었다.

분노다.

그것도 눈앞에 있는 자의 어리석은 행동에 태산이 무너져도 꿈쩍하지 않을 것 같던 그의 분노가 무섭게 터져 나왔다.

"이봐, 자네 뭔가 오해를 한 거 같구먼. 이 친구야, 좋게 대해줬더니 내가 자네 눈에는 양아치로 보이나?"

"대통령님……."

"너는 아직 먼 것 같구나. 하는 짓을 보니 너의 부친은 자식 농사를 망쳤다. 머리만 좋으면 뭐 하겠나. 인간이 지녀야 할 정의가 없는데. 그동안 재벌들이 벌인 행태가 대한민국을 수령 속으로 빠뜨렸어. 너희 같은 작자들이 자기들 안위만 생각하고 국가는 생각하지 않았기 때문에 발생한 일이지. 너는 마이다스 CKC 회장을 본받아야 한다. 그 친구가 국가를 위해 희생하는 모습을 봤다면 절대 이런 짓을 하지 못했을 거야. 나는 그가 해온 일들을 확인한 후 흐르는 눈물을 막을 수가 없었다. 이 회장, 그런데도 넌 아직 정신을 차리지 못하고 이런 짓을 하는구나. 당장 쓰레기통에 집어넣기 전에 내 눈앞에서 사라져. 안 그러면 너를 비롯해서 삼성 전체를 쓸어버릴 테다!"

*　　　　　　*　　　　　　*

마이다스 CKC 연합이 삼성전자의 주식을 쓸어 담을 수 있던 것은 삼성생명의 물량이 한꺼번에 쏟아져 나왔고, 거기에 더불어 총수 일가가 가지고 있던 지분까지 토해냈기 때문이다.

거칠 것 없이 오르던 주식은 무려 전체 주식의 10%에 가까운 물량이 쏟아져 나오며 급전직하했다.

그 물량을 그대로 받았다.

불과 두 달 만에 마이다스 CKC 연합이 장악한 삼성 주식은 예상보다 훨씬 많은 37%에 달했다.

모든 것이 총수 일가가 삼성전자를 포기했기 때문에 벌어진 일이다.

총수는 청와대에 다녀온 후 가족회의를 열어 일가가 가지고 있는 삼성전자의 주식을 전부 처분하는 것으로 결정했는데, 그 원인은 두 가지였다.

첫째는 대통령의 불같은 분노였고, 또 다른 하나는 거의 배나 오른 주가가 원인이었다.

어차피 외환위기로 인해 국가가 어찌 될지 모르는 상황이었으니 삼성전자를 포기하더라도 다른 계열사를 살리겠다는 생각이다.

물론 그 배경에는 총수의 무서운 심계가 담겨 있었다.

대통령은 마지막 순간 마이다스 CKC 회장의 정체를 알고 있다는 걸 암시했는데, 그에 대한 무한한 신뢰를 보여주었다.

도대체 어떤 인물이기에 대통령까지 알고 있는 걸까. 그냥 아는 정도가 아닌 것 같았다.

대통령은 그를 본받아야 한다며 고함치는 순간, 그 친구라는 표현을 썼다.

정확한 신분을 알지 못하면 절대 쓸 수 없는 표현이었으니 예전부터 아는 사이란 뜻이다.

그렇기에 미련 없이 삼성전자를 포기했다.

더불어 그동안 애써 모아놓은 자신의 현금을 회사를 위해 쏟아붓는 것이 찜찜했기에 오히려 잘됐다는 생각도 들었다.

삼성전자가 떠나도 여전히 자신은 삼성이란 왕국의 황제였다.

*   *   *

최강철은 미국에 머물며 홀리오 챠베스와의 마지막 승부가 결정되기를 기다렸다.

물론 그것 때문만은 아니다.

서지영과 즐거운 시간을 보냈고, 정치에 입문한 오바마, 상원 군사위원장 마이크 헐, 국무장관 미카엘 등 정치계 인사를 비롯하여 워렌 버핏, 빌 게이츠, 마이클 델 등 경제계 인사, 그리고 슈가레이 레너드, 듀란 등 자신과 싸운 복서들, 야구, 농구의 스타들과 만나며 교분을 쌓았다.

그가 특히 신경 쓴 것은 그동안 교분을 쌓아온 뉴욕타임지 사장 잭슨, 위싱턴 포스터지의 챨스 해밀턴을 비롯하여 언론의 수장들과 많은 시간을 보냈다는 것이다.

자신이 구상하고 있는 미래를 위해서는 미국의 영향력 있는 인사들과 최대한 많은 교분을 확보할 필요성이 있었다.

오랜 시간 기다렸으나 돈 킹의 적극적인 추진에도 홀리오 챠베스 쪽은 꿈쩍도 안 했다.

체급이 아래인 자신이 두 체급 위에서 싸운 최강철과 싸울 수 없다는 것이었다.

그는 최강철로 하여금 슈퍼라이트급으로 내려오라는 주장을 거듭했는데, 그런 조건에서 싸운다면 자신이 무조건 이길 것이라며 호언장담했다.

한숨이 나왔다.

자신의 현재 체중은 72kg이다.

웰터급에서 싸운다고 해도 5kg을 빼야 하는데 만약 슈퍼라이트급으로 내려간다면 무려 9kg을 조절해야 된다.

그럼에도 최강철은 그를 탓하지 못했다.

반대로 생각한다면 자신도 내려가지 못하는 것처럼 챠베스도 올라오기 싫었을 테니 말이다.

답답했으나 어쩔 수 없었다.

경기가 끝난 후 미국에서 머문 지 5개월이 다 되어갔기 때문에 서서히 한국으로 돌아갈 준비를 하기 시작했다.

돈 킹이 방어전을 치르면 어떻겠냐고 제안해 왔을 때, 두말 없이 받아들인 건 어쩔 수 없는 선택이었다.

특별할 사유 없이 1년에 한 번 이상 경기를 치르지 않으면 타이틀이 박탈되기 때문에 돈 킹이 가져온 계약서에 사인을 하고 말았다.

서지영이 현관문을 박차고 들어온 것은 최강철이 귀국 준비를 하면서 짐을 정리하고 있을 때였다.

그녀는 들어온 후 무작정 목을 끌어안고 한동안 움직이지 않았다.

가슴이 철렁했다.

지금까지 이런 일이 한 번도 없었으니 무슨 일이 생긴 게 분명했다.

"지영 씨, 왜 그래?"

"당신, 아빠 되었어요."

"무슨 소리야?"

"나 애기 가졌대요. 벌써 4주나 되었다고 하네요."

"정말… 이야?"

고개를 끄덕이는 그녀의 눈에 맑은 눈물이 맺혀 있다.

말은 안 했지만 그녀는 내심 큰 부담과 고민에 사로잡혀 괴로워했다.

결혼한 지 4년이 되었으나 아이의 소식이 없었기 때문인데, 시어머니는 연락이 될 때마다 아기 소식을 물어 그녀의 속을 새카맣게 태웠다.

그것을 너무나 잘 알기에 최강철은 그녀를 가슴에 끌어안고 머리를 쓰다듬어 주었다.

며칠부터 속이 안 좋다고 하더니 아기를 가져서 그랬던 모양이다.

그녀를 안으면서 수고했다고 말했으나 가슴이 답답하고 무거워졌다.

전생에서 있던 악연들이 머릿속에 갑자기 떠올라 그의 심장박동을 가쁘게 만들었기 때문이다.

자신의 피를 물려받은 존재의 탄생.

이것이 좋은 일인지 아니면 나쁜 일인지 판단이 제대로 서지 않았다.

기쁘면서도 그렇지 않았다.

자식이란 존재는 어떤 사람에게는 축복이지만, 어떤 사람에게는 고통과 슬픔이 될 수도 있었다.

자신은 그중 어떤 존재일까. 나는 말이다.

임신 소식에 귀국을 미루고 그녀와 함께 보름이란 시간을 더 미국에서 보냈다.

신규성과 김도환이 번갈아 전화하며 긴박하게 돌아가는 한국 소식을 전해왔지만, 머릿속이 텅 빈 것처럼 어지러웠기에 아무런 지시도 내리지 못했다.

새로운 생명을 진정으로 축복해 주지 못하는 자신의 태도가 미웠다.

자신으로 인해 잉태되었고 자신으로 인해 존재가 시작된 아이를 축복해 주지 못하는 자신이 악마로 변한 것처럼 느껴졌다.

무엇 때문에 자신의 감정이 이런지 너무나 잘 안다.

혼란의 연속.

그 감정을 추스르기가 너무나 힘들었기에 최강철은 밤이 되면 강가에 앉아 하늘의 별들을 바라보며 긴 한숨을 흘려냈다.

서지영은 남편의 태도가 이상하다는 것을 느끼곤 임신한 아내가 해야 하는 어리광조차 부리지 못했다.

그러나 혼란과 긴장, 고통의 시간은 오래가지 않았다.

처음의 당황함은 시간이 지나자 가라앉았고, 전생에 있었던 나쁜 기억은 좋은 기억으로 바뀌기 시작했다.

그 아이들의 고사리 같던 손, 그리고 사랑스럽던 눈망울.

자신을 향해 엉금엉금 기어오던 아이들의 팔과 다리, 그리고 천진난만하게 웃던 얼굴.

그래, 그랬지.

아이들을 사랑하던 나와 아빠라 부르며 따르던 아이들.

모든 나쁜 기억은 아이들의 잘못으로 인해 시작된 것이 아니라 모두 자신으로부터 비롯된 것이었다.

내가, 그 모든 것은 내가 제대로 그 아이들을 키우지 못했기에 발생한 일이었다.

　　　　*　　　　　*　　　　　*

　최강철이 한국으로 돌아온 것은 삼성전자에 대한 경영권을
완벽하게 장악한 후였다.

　일사천리.

　마이다스 CKC를 대표한 신규성에 의해 긴급 주주총회가
열렸고, 그 과정에서 새로운 사장이 선임되었다.

　삼성전자의 신임 사장은 신규성이 추천한 이무송으로 결정
되었는데, 그는 옥스퍼드를 졸업한 후 GM에서 20년을 근무하
며 부사장까지 오른 사람이었다.

　주주총회의 안건은 사장 교체 건도 있었지만, 더 큰 결정은
삼성전자라는 타이틀을 버리고 피닉스전자로 상호명을 바꾸
는 것이었다.

　반대하는 주주들의 이유는 신빙성이 충분했다.

　그동안 삼성전자란 명칭으로 신뢰를 쌓아왔는데 갑작스럽
게 명칭이 바뀐다면 시장의 반응이 나빠질 수 있다는 것이었
다.

　그러나 그들의 반대는 받아들여지지 않았다.

　많은 반대가 있었지만 마이다스 CKC의 주장대로 삼성전자
는 피닉스전자로 탈바꿈되었다.

　마이다스 연합이 가진 37%의 주식에 우호 지분까지 합쳐졌

으니 신규성의 주장을 꺾을 수 있는 세력은 없었다.

오랜만에 최강철을 본 신규성과 김도환은 무척 반가워했다.

"회장님, 방어전이 결정되었더군요. 11월이죠?"

"랭킹 4위인 카라발로입니다. 장소는 미국이고요."

"이번에는 얼마나 받습니까?"

최강철이 빙긋 웃으며 대답하자 김도환이 장난스럽게 물었다.

김도환은 아직도 복싱에 대해 빠삭했다.

오랜 세월 복싱 전문 기자를 했기 때문인지 그는 아직도 매달 링지를 구독하면서 랭킹에 들어 있는 선수들의 이름을 줄줄 외웠다.

"2,500만 달럽니다. 아무래도 빅 이벤트가 아니니까요."

"그게 적나요? 지금 환율로 따지면 500억이 넘습니다. 일반인은 꿈도 꾸지 못할 돈이에요."

"일반인뿐인가요? 저도 그 돈을 벌려면 몇백 년은 일해야 하는데요."

김도환의 말에 신규성이 불쑥 나섰다.

그의 연봉이 2억이었으니 정확하게 250년이 걸린다.

신규성이 우는 표정을 짓자 김도환이 손가락으로 숫자를 세기 시작했다.

말은 하지 않았지만 자신의 연봉으로 얼마나 걸리는지 계산하고 있는 게 분명했다.

그들은 국내 그 누구보다 최고 수준의 대우를 받고 있었다.

그럼에도 최강철이 단판 승부로 벌이는 돈에 비한다면 조족지혈이다.

한국에 들어온 지 3일 만에 최강철은 그들을 점심에 초대해서 자리를 갖고 있는 중이다.

그동안 있었던 추진 경과를 듣고 앞으로의 일을 상의하기 위함이다.

"챠베스 그놈은 정말 안 한답니까?"

"올라오기 싫다네요."

"하아, 그거 정말 죽이지도 못하고 어쩌죠. 그 자식, 당당하게 올라와서 싸우면 얼마나 좋아."

"다른 사람도 아니고 저와 싸우는데 불리한 조건에서 싸우고 싶겠어요."

"체급만 맞았으면 죽여주는 경기가 되었을 텐데 아까워 죽겠네. 그놈과 회장님이 붙었다면 개런티로 한 오천만 달러는 받았을 겁니다. 안 그래요?"

"하하, 꿈도 크군요."

"신이 빚은 복서. 크으, 아쉽다, 아쉬워. 전 체급을 통틀어 가장 테크닉이 좋은 두 사람이 붙을 기회였는데 이렇게 엇나가다니 아쉬워 죽겠네요."

"제가 내려가는 건 어떻겠습니까?"

"그건 절대 안 되죠. 무패의 전적에 오점을 남길 생각이세요? 그렇게 감량하면 서 있기도 힘들어집니다. 차라리 그냥 은퇴하세요. 이제 회장님 나이도 35살입니다. 이번 방어전 끝나면 36살이라고요. 돈 때문에 싸우는 건 아니잖아요?"

"그러고 보니 저도 나이가 꽤 되었네요."

"도대체 언제까지 하실 생각입니까?"

"보고 있는 중입니다. 그렇지 않아도 고민하고 있어요. 앞으로의 계획도 있고……."

"아기는요?"

"저도 이제 곧 아기 아빠가 됩니다. 지영 씨가 한국에 오기 전 알려주더군요. 2개월 되었답니다."

"아이고, 잘됐네요, 잘됐어. 그렇지 않아도 사모님 나이가 있어 걱정했는데 더 늦지 않아 다행입니다."

김도환과 신규성이 펄쩍펄쩍 뛰자 최강철의 얼굴에 환한 웃음이 떠올랐다.

밥을 먹으며 온통 화제는 최강철이 가지고 온 기쁜 소식에 집중되었다.

두 사람은 자신들의 경험을 이야기하며 아이가 태어났을 때의 순간과 키우면서 가진 고충을 털어놨는데, 대부분 비슷한 말이었다.

이 사람들은 알까.

자신도 오래전 두 명의 아이를 낳고 길러봤다는 사실을.

최강철이 그들의 입을 틀어막은 건 식사가 거의 끝나갈 때였다.

"신 사장님, 큰일은 모두 끝났군요. 이제 후속 작업을 해야 할 텐데 정리는 시작하셨습니까?"

"예, 일주일 전부터 시작했습니다. 먼저 총수 쪽의 인물들을 한꺼번에 정리하고 있습니다. 그리고 재무 상태와 그동안의 입, 출납 구조를 면밀히 살피는 중입니다. 대충 봤지만 엉망이더군요. 이 정도로 삼성전자가 엉망인 줄 몰랐습니다. 구멍가게가 따로 없어요. 도대체 얼마나 많은 돈이 총수 쪽으로 들어갔는지 알 수 없을 정도예요. 더군다나 비자금을 만든 흔적이 여기저기에서 나왔는데, 사용처가 불분명합니다. 시간을 가지고 탈탈 털면 얼마나 나올지 모르겠습니다."

"두 가지겠죠. 하나는 정치권으로 흘러갔을 것이고, 또 하나는 외국의 비밀 계좌에 들어 있을 겁니다."

당연한 말이다.

재벌들이 비자금을 조성하는 건 오직 자신들의 안위를 위함이었으니 사용처는 불을 보듯 뻔했다.

김도환이 슬그머니 나선 것은 이 상황이 답답했기 때문이다.

"찾아볼까요? 이번에 제우스 팀에 국정원 출신이 다섯 명이나 들어왔습니다. 걔들을 이용하면 뭔가 나올 것도 같은데요."

"아뇨, 항복하고 물러선 적장의 목은 베는 게 아닙니다."

"그대로 두면 계속할 테니 그게 문제죠. 자신이 잘못하고 있다는 걸 모르는 놈은 어딜 가서도 똑같은 짓을 할 겁니다."

"그냥 두고 보겠다는 건 아닙니다. 우리나라 재벌들은 워낙 자금을 불투명하게 운용하면서 자신들의 뱃속을 채웠기 때문에 투자자들이 극심한 피해를 보고 있어요. 하지만 그들이 그렇게 하지 못하도록 만들어야죠. 몇 놈을 색출해서 박살을 내면 더 이상 그런 짓 못하게 될 겁니다."

"아주 감방에서 못 나오게 만들어야 합니다. 총수라도 자기들 재산은 불과 5%도 안 되는 놈들이 기업을 맘대로 주무르며 쓰레기장으로 만들고 있으니 그런 놈들은 다 죽여 버려야 해요."

김도환이 거품을 물자 최강철이 싱긋 웃었다.

당연한 말이지만 아직은 아니었다.

재벌들의 고질적인 병폐를 고치기 위해서는 당당하게 그들을 단죄할 수 있는 힘이 있어야 하는데 자신에게는 아직 그런 힘이 없었다.

그랬기에 최강철은 슬쩍 눈을 돌려 다시 신규성을 바라

봤다.

"부채 상태는 어떻던가요?"

"은행 융자가 800억 정도 됩니다. 외채도 2천만 달러 정도
가 있고요."

"다행히 부채는 그리 크지 않군요."

"문제는 현재 상태가 좋지 못하다는 겁니다. 가전 분야를
비롯해 컴퓨터의 매출액이 계속 감소하는 중이고, 주력인 반
도체 국제 가격도 떨어지는 중이에요. 이대로라면 적자 폭이
커질 겁니다. 총수가 삼성전자를 던진 게 이해될 정도예요."

"연구원들을 충원하세요. 그것도 최고의 인재들을 스카우
트하십시오."

"적자 폭이 커지고 있다니까요."

"그러니까 말이죠. 이럴 때 더욱 베팅을 해야 합니다. 최고
의 인재는 위기 속에서 커나가는 겁니다."

"하아, 우리 회장님 정말……."

신규성이 고개를 절레절레 흔들며 항복을 표시했다.

어쩌면 당연한 지시일지 모르지만, 현재 상황을 본다면 절
대 받아들일 수 없는 일이었다.

지금 대부분의 기업은 몸집을 줄이기 위해 안간힘을 쓰고
있는 중이다.

어떡하든 지금의 위기를 견뎌내기 위해서는 자금의 지출을

최소화해야 하기 때문이다.

도대체 무슨 생각인지 모르겠다.

아무리 자금이 넉넉하다 하더라도 이렇게 물 쓰듯 쓴다면 얼마나 버틸지 알 수 없다.

최강철의 입이 다시 열린 것은 그의 우스꽝스러운 모습에 한바탕 웃음을 터뜨린 후였다.

"신 사장님, 피닉스전자의 주식을 계속 거둬들이세요. 앞으로 피닉스전자는 대한민국의 미래가 될 겁니다. 그러니 물량이 나오는 대로 무조건 당겨 오십시오."

"얼마나요?"

"될 때까지. 물량이 나오는 한 모두."

"휴우, 아예 다른 투자자들의 씨를 말리실 생각이십니까?"

"그렇습니다. 저는 피닉스전자의 주식을 마이다스 CKC가 모두 소유하기를 원합니다."

"도대체 왜요?"

"마음대로 돈을 쓰고 싶기 때문이죠. 제가 원하는 대로 말입니다. 아무 제약 없이."

뜻은 알겠다.

하지만 너무 위험했다. 피닉스전자가 향후 얼마나 성장할지 모르지만 지금으로 봐서는 이제 겨우 반도체에 진입해서 성과를 보이고 있는 중이다.

만약 피닉스전자가 무너진다면 마이다스 CKC는 엄청난 피해를 고스란히 감수해야 한다.

그랬기에 신규성은 두 눈을 부릅뜨고 반대 의사를 표명했다.

"회장님, 아무리 좋은 회사도 몰빵은 하는 게 아닙니다. 투자의 기본은 위험을 최소화하는 거잖습니까. 차라리 그 돈으로 유망한 다른 기업을 장악하는 게 낫습니다."

"위험하지 않습니다. 제가 확신하죠."

이런 젠장. 또 이런다.

최강철이 눈가 가득 웃음을 만들고 자신을 바라보자, 신규성은 더 이상 말을 하지 못하고 주춤거렸다.

벌써 몇 번째인지 모른다.

지금의 마이다스 CKC가 어마어마한 자산을 확보한 것은 전부 최강철의 지시로 인한 것이다.

실무에 끼어들어 시시콜콜 간섭하지는 않았지만, 그가 그려낸 밑그림에 따라 움직였더니 불과 300억으로 시작한 투자 자본이 벌써 4조에 육박하고 있었다.

그러니 무슨 말을 할 수 있겠는가.

최강철이 그렇다면 그런 것이다. 그렇기에 이젠 더 이상 반박하며 반항할 생각조차 들지 않았다.

하지만 그의 입은 또다시 떡 벌어졌다.

"신 사장님, 우리 자본 중에서 2,000억을 빼내세요."

"2,000억이요? 지금 자본은 전부 주식과 부동산에 들어가 있는 상태입니다. 대우조선을 인수하려고 손해를 보면서 1,500억을 확보한 게 얼마나 된다고 또 그러세요. 그 돈을 마련하려면 아까운 주식들을 처분해야 합니다."

"처분하세요."

"사용처는요?"

"최대한 빨리 자금을 마련해서 현재 움직이고 있는 IT 벤처기업들의 지분을 확보하십시오."

"IT 벤처기업이라뇨? 그런 눈곱만 한 회사들을 왜 건드린단 말입니까?"

"정부에서 일자리 창출을 위해 곧 벤처 육성 방안을 내놓을 겁니다. 그래서 선제적으로 움직일 필요성이 있습니다."

"허어……."

"창업하는 대로 가리지 말고 지분을 확보하세요. 새롬기술, 한글과 컴퓨터, 로커스, 핸디소프트, 다음, 네이버 등 가리지 말고 쓸어 담으시면 됩니다."

"걔들 규모야 뻔합니다. 회사당 기껏 몇십억이면 지분을 전부 장악할 수 있어요. 더군다나 우리가 나서면 시장에서 문제가 생길 수 있습니다. 체급이 맞지 않으니까요."

"당연한 말씀을. 그러니까 마이다스 CKC가 직접 나서면 안 되죠. 아시잖습니까?"

"알겠습니다. 그런데 언제까지 끝내면 되는 거죠?"

"올해 안으로 끝내야 합니다. 반드시. 내년부터는 사고 싶어도 살 수 없을 테니까요."

"알겠습니다, 최대한 빨리 조치하겠습니다."

"그리고 새로 피닉스전자 사장으로 취임한 이무송 씨를 만나야겠습니다."

"이 사장을요?"

이번에도 신규성의 눈이 커졌다.

최강철은 피닉스그룹을 탄생시킨 이후 그룹 사장단을 만난 적이 없었다.

심지어 계열사 지주회사인 피닉스건설 사장까지 만난 적이 없기 때문에 그룹 사장들은 아예 그룹을 장악하고 있는 것이 신규성이라 알 정도였다.

"제가 그 사람한테 말할 게 있습니다. 여기 있는 두 분과 같이 만나는 것으로 하죠. 이무송 사장한테는 기술 연구소의 소장과 함께 나오라고 지시하십시오."

"알겠습니다."

이번에는 또 어떤 놀라운 일을 벌일지 궁금하다.

최강철이 하는 행동은 그냥 심심해서 만들어내는 게 하나도 없었으니 신규성은 대답을 하면서도 궁금증을 숨기지 못했다.

하지만 최강철은 그의 궁금증을 풀어주는 대신 김도환에게로 눈을 돌렸다.

"김 사장님, 그건 어떻게 되어가고 있습니까?"

"아직입니다. 아무래도 시간이 조금 더 필요할 것 같습니다. 제가 생각했을 때는 내년 이후에야 가능할 겁니다. 지금 상황에서 그걸 꺼내는 건 시기상조예요."

"당연한 말씀입니다. 이런 위기 상황에서 개헌을 한다는 건 어렵겠죠. 하지만 철저히 준비해 놔야 합니다."

"그렇지 않아도 대한정의당이 개헌에 대한 관련 사항을 꼼꼼히 체크하고 있습니다. 천천히 물밑에서 냄새를 풍기고 있는 중입니다."

"반응은요?"

"나쁘지 않습니다. 집권당은 당연히 찬성이고 제1야당도 칼을 꺼내 들면 거부하지 않을 겁니다. 그자들은 이번 대선에서 진 것이 외환위기 때문이라고 생각합니다. 그런 일이 없었다면 영남 세력을 기반으로 충분히 이겼을 거라는 착각에 빠져 있습니다."

"좋습니다. 그럼 사장님이 제우스를 움직여서 서서히 여론을 형성시키세요. 대통령 단임제의 탄생 배경과 왜 연임제가 필요한지에 대해 상세하게 알려주면 국민들도 이해하게 될 겁니다."

"그렇게 준비하겠습니다."

제56장
미래 전략

　피닉스건설 본사에 근무하고 있는 원가부장 이상표는 동기인 권기웅과 함께 점심을 먹고 커피숍에 갔다.

　권기웅은 고속도로 현장 소장을 맡고 있었는데, 본사 회의차 오랜만에 서울에 올라왔다.

　입사 때부터 가장 친한 동기였기에 이상표는 그의 얼굴을 보자마자 부둥켜안고 반가움을 숨기지 못했다.

　20년이 넘도록 직장 생활을 하면서 남은 건 친구밖에 없었다.

　"기웅아, 얼굴이 새까맣게 탔다."

"현장이 다 그런 거지, 뭐. 저번에 인부가 교량에서 떨어지는 바람에 곤욕을 치렀다. 그렇게 안전 교육을 해도 말을 안 들어서 죽겠어."

"인부들이 다 그렇지. 그 사람들, 오랫동안 그렇게 살아와서 안전이 뭔지도 잘 모르잖아."

"그러니까 더 문제야. 본사 방침에 따라 거의 매일같이 귀가 닳도록 떠들어대도 잘 안 돼."

"그래도 금년 상반기에 우리 회사가 안전 최우수 회사로 뽑혀서 장관상을 받았다. 워낙 철저하게 관리했더니 안전사고가 반으로 확 줄었어. 뭐든지 원칙대로 열심히 하면 성과가 나와."

"그건 그렇지. 그런데 상표야, 우리 그룹이 재계 서열 1위에 올랐다는 게 사실이냐?"

"예측이야. 하긴 아직 발표되진 않았지만 확실해. 삼성전자만 들어와도 가뿐하게 1위로 올라서는데, 대우조선까지 인수한다니 발표는 보나 마나야."

"크크, 내가 전생에 착한 일을 많이 한 모양이다. 정동그룹 무너질 때는 하늘이 노랗더니 이게 무슨 일이냐. 요즘 마누라가 신나서 펄쩍펄쩍 뛰어다닌다."

"왜?"

"왜긴, 요즘같이 어려운 시기에 이전보다 오히려 월급이 올랐잖아. 동네 아줌마들한테 피닉스에 다닌다고 하면 엄지손가락을 치켜세운단다. 남편이 피닉스 부장이라면 껌뻑 죽는다는구면."

"그건 나도 그래. 요새 마누라가 나를 하나님처럼 모셔."

커피를 마시며 두 사람은 유쾌하게 웃었다.

어쩌면 당연한 말이다.

정동그룹이 부도가 났을 때는 자신의 인생이 끝난 줄 알았다.

젊은 시절을 정동건설에서 보내며 아이들을 키웠기 때문에 다른 사람들이 직장을 그만둘 때도 꿋꿋이 버텼다.

정동건설을 자신의 운명이라고 생각했으니 버릴 수가 없었다.

사람들은 바보라며 손가락질했으나 회사가 어려워졌다고 배신하기에는 그들의 심성이 너무 강직했다.

하긴 어리석은 짓이기도 했다.

가족들을 건사해야 하는 가장의 입장에서 자신만의 고집을 부린다는 건 어쩌면 이기적인 행동이었는지도 모른다.

고집을 부렸지만 자연스럽게 마음이 위축되고 행동이 제한되었다.

그런 와중에 마이다스 CKC가 정동그룹을 인수하면서 기적처럼 그들의 인생이 활짝 피기 시작했다.

정말 꿈도 꿔보지 못한 일이었다.

창업주의 2세가 경영에 들어오면서 엉망으로 변한 그룹의 면모가 새로운 전문 경영인을 맞이하며 일신하더니 피닉스그룹은 단시간 만에 국내 최고의 기업으로 바뀐 것이다.

건설의 매출액은 마이다스 CKC가 인수하고 피닉스로 회사명을 바꾼 후 무려 세 배나 뛰었다.

시장의 평가는 업계 최고 등급을 확보해서 돈을 빌려주겠다는 은행이 줄을 섰지만, 마이다스 CKC는 절대 그들의 자금을 차용하지 않았다.

그만큼 자신이 있다는 뜻이다.

이상표의 웃음이 그친 것은 권기웅이 노조 이야기를 꺼냈을 때다.

"상표야, 이번 추투(秋鬪)에 우리 노조도 가담한다고 소문이 돌던데, 그게 사실이냐?"

"어떤 새끼가 그래?"

"우리 현장에 있는 애들이 그러더라고. 그룹 계열사별로 민노총에 가입해서 추투에 참여할지 모른다고."

추투!

민노총에서 주관하며 노동자의 권리 확보를 위해 시행하는 가을 투쟁의 줄임말이다.

어쩌면 이번 추투는 역사 이래 가장 치열한 전투가 될지도 모른다.

기업마다 불법 해고가 판을 쳤고 임금이 밀린 회사가 한둘이 아니었기 때문에 노동자들은 벌써 죽기 살기로 싸우겠다는 투지를 가다듬고 있었다.

그러나 피닉스는 달랐다.

불법 해고는 물론이고, 임금이 밀린 적이 단 한 번도 없었다.

"미친 새끼들, 우리 회사 임금은 국내 최고 수준이야. 무슨 문제가 있어야 싸우든지 말든지 하지. 그런데도 정신을 못 차리고 지랄들을 떨고 있어. 그건 절대 아니니까 걱정하지 마라."

"그럼 헛소문이냐?"

"노조 간부 몇 놈이 그렇게 선동질을 하는 모양이더라. 하지만 그건 절대 안 돼. 사장님은 취임하신 후 그동안 노조가 하는 일에 무조건 도와주라는 지시를 내렸어. 그래서 지금까지 노조가 원하는 것은 대부분 들어줬더니, 노조 간부 이 새끼들, 간이 배 밖으로 나온 거야."

"그 씨발 놈들, 미친 거 아니냐?"

"내일 노조가 주관하는 투표가 열린다. 거기서 민노총 가입 찬반이 결정될 거야. 사장님이 어제 경영 회의 자리에서 임원들에게 이렇게 말씀하셨대. 가입은 노조가 지닌 기본적인 자유의사이기 때문에 간섭하지 않겠지만, 민노총에 가입하는 것으로 결정된 계열사는 그룹에서 이탈시키고 마이다스의 자본이 회수될 거라 공표하셨어."

"그 말은 민노총에 가입하는 계열사는 죽이겠다는 뜻이잖아?"

"맞아. 내가 알기로 그건 사장님의 의지가 아니라 마이다스 CKC 쪽 결정인 것 같아. 그들은 노조가 추투 같은 것 때문에 회사가 정상적으로 운영되지 못하면 언제라도 회사를 죽일 수 있는 사람들이야."

"하아, 정말 그렇게 되면 큰일이잖아."

"아까도 말했지만 그렇게 되지는 않을 거야. 당장 우리 건설 쪽도 노조 간부 몇 놈이 그런 소리를 했다가 박살이 났어. 당장 노조에 호의적이던 젊은 애들부터가 결사반대야. 내 생각에 이번 노조 집행부는 노조원들에게 쫓겨날 거다. 지금 분위기가 그래."

"개새끼들, 당연히 그래야지. 그런 새끼들은 우리 현장으로 보내줘. 내가 터널 현장에 집어넣고 코피가 나올 때까지 돌릴 테니까."

"회사가 잘못되면 수많은 직원이 눈물을 흘린다. 그런 일은 절대 벌어져서는 안 돼. 경영층이 노조 활동을 반대하는 것도 아닌데 왜 굳이 민노총에 가입해서 쓸데없이 투쟁을 해. 우리

일은 우리 손으로 해결하면 되는 거야."

"당연한 말이지. 그럼, 당연하고말고."

＊　　　　＊　　　　＊

최강철의 지시로 인해 이무송과 부사장급인 기술 연구소장 장후복이 제우스로 호출된 것은 그로부터 3일이 지난 후였다.

현재 피닉스그룹의 위상은 외환위기 속에서도 탄탄대로를 달리고 있었다.

비록 대우조선 인수와 관련된 언론 보도가 터지며 부정적인 시각이 있었지만, 그것은 그리 오래가지 않았다.

마이다스 CKC 쪽에서 언론 홍보를 통해 모든 부채를 떠안을 정도로 충분한 자금이 있다는 것을 공표했기 때문이다.

거기다가 대우조선을 피닉스그룹에 편입시켜 세계 제일의 선박 제조 회사로 키우겠다는 플랜을 발표하자 언론의 반응은 금방 긍정적으로 변했다.

외환위기 속에서 거듭되고 있는 마이다스의 행보에 언론의 관심이 집중되었다.

마이다스가 최근 들어 보여주고 있는 일련의 행보들은 대한민국 경제계를 발칵 뒤집어 버릴 정도로 태풍의 연속이었다.

"사장님, 마이다스 쪽에서 갑자기 호출한 이유가 뭘까요?"

"글쎄요, 나도 그것 때문에 한참 고민을 했습니다. 아무리 생각해도 내 머릿속에 떠오른 건 한 가지뿐이더군요."

"그게 뭡니까?"

장후복이 궁금하다는 듯 이무송을 바라봤다.

사장이라고 해서 절대 꿇리지 않는 모습.

그는 MIT공대에서 전자공학을 전공한 후 미국의 GE와 IBM에서 20여 년 동안 상임 연구원으로 재직했다. 그리고 3년 전 삼성에 스카우트된 사람이다.

조직 생활에 약했다.

평생을 연구에만 전념해 왔기 때문에 한국 사회가 요구하는 위아래에 대한 예의 같은 건 몸에 배어 있지 않았다.

그랬기에 이무송도 그의 행동에 불쾌함을 나타내지 않았다.

"아무래도 2차 구조 조정에 관한 이야기가 나올 것 같습니다. 삼성 총수와 관련된 자들은 대부분 제거했지만, 아직도 예전에 저지른 불법과 관련된 자들이 남아 있거든요."

"그렇다면 저는 왜 부릅니까? 혹시 연구소 쪽도 자를 생각인가요?"

"그건 두고 봐야지요."

장후복의 질문에 이무송이 말을 흐렸다.

정말 그렇다면 문제다. 연구원은 삼성이 갖고 있는 최고의 자산인데 회사가 바뀌었다고 해서, 총수 일가와 관계가 있다고 해서 단칼에 쳐낸다면 많은 문제가 발생할 것이다.

마이다스 CKC의 건물이 눈앞에 나타나자 두 사람의 대화가 멈췄다.

테헤란로에 있는 마이다스 CKC 건물은 작년에 인수한 25층짜리 빌딩으로 지어진 지 7년밖에 되지 않았다.

현관에 차를 댔으나 아무도 나와 있지 않았기 때문에 두 사람은 잠시 당황한 태도를 보이다가 로비를 가로질러 엘리베이터로 향했다.

무시?

무시일 수도 있고 어쩌면 오만일 수도 있었기에 불쾌감이 목구멍까지 올라왔다. 그러나 이무송은 표정을 숨기고 마이다스 CKC의 사장실로 올라갔다.

그나마 다행인 것은 사장실 앞에 신규성이 나와서 그들을 기다리고 있었다는 것이다.

불쾌감이 순식간에 사라졌다.

마이다스 CKC 한국 지부를 담당하고 있는 신규성은 이무송의 목숨을 단칼에 자를 수 있는 힘을 가진 사람이기 때문이다.

"어이구, 사장님. 사무실에 계시지 않고요!"

"그럴 수가 있나요. 피닉스전자의 사장님이 오시는데 제가
마중을 해야지요."

"감사합니다."

이무송은 몸 둘 바를 몰라 했지만, 장후복은 멀뚱거리며 신
규성을 바라보기만 했다.

그는 지금까지 신규성을 만난 적이 없었고 이 자리에 오는
것 자체를 마땅치 않게 생각한 사람이었다.

자신감을 갖고 살아가는 사람은 누구에게도 위축되지 않는
다.

그는 미국에서도 최고의 대우를 받으며 연구한 사람이기에
고개를 숙이는 짓은 절대 하지 않았다.

고개를 숙인 건 오히려 신규성이 먼저였다.

"장 박사님, 처음 뵙습니다. 저는 신규성이라고 합니다."

"아, 예."

"만나 뵙게 되어 영광입니다. 전자공학 분야에서 세계 최고
의 석학이시라 들었습니다. 이제야 인사하는 걸 용서하십시
오."

"별말씀을요."

떨떠름한 모습으로 서 있던 장후복이 그제야 표정을 풀고
어색하게 신규성이 내민 손을 잡았다.

그도 귀가 있으니 신규성에 관한 소식은 들었다.

마이다스 CKC의 실세로서 피닉스그룹의 회장 역할을 한다고 했으니 무소불위의 권력을 지닌 사람이다.

그런 사람이 이렇게 공손히 인사를 하자 더 이상 어깨를 부풀리며 서 있을 수만은 없었던 것이다.

신규성은 장후복과 인사를 나눈 후 시선을 이무송에게 돌렸다.

"사장님, 들어가시기 전에 알아두셔야 할 일이 있습니다."

"말씀하십시오."

"지금 안에 회장님이 와 계십니다. 사장님을 부른 건 회장님의 명을 받은 것입니다."

"회장님이라니요?"

"마이다스 CKC의 실질적인 주인이시자 피닉스그룹의 회장님을 말하는 겁니다."

"아이고!"

신규성의 말을 듣자마자 이무송의 얼굴이 하얗게 변했다.

그건 웬만한 일에는 눈 하나 깜짝하지 않는 장후복도 마찬가지였다.

그들도 타임지를 봤기 때문에 마이다스 CKC의 회장이 한국 사람이라는 것을 알고 있었다.

세계 최고의 부호이자 베일에 싸여 있는 신비의 인물.

그 사람이 자신들을 불렀다는 말에 이무송과 장후복은 어쩔 줄 모른 채 신규성을 바라보다가 급히 옷매무새를 가다듬 었다.

다른 사람은 몰라도 이 사람한테만큼은 예의를 지켜야 한 다는 본능과 두려움 때문이다.

문을 열고 들어서자 두 사람이 앉아 차를 마시고 있다.

신규성의 뒤를 바짝 따라 들어가던 이무송이 상석에 앉아 있는 사람의 정체를 확인하곤 발걸음을 멈추고 우뚝 섰다.

너무나 의외의 인물이 앉아 있었기에 자신도 모르게 몸이 경직된 것이다.

"사장님, 반갑습니다. 장 박사님도 오시느라 고생하셨습니 다."

최강철이 자리에서 일어나 그들을 향해 다가오자 이무송과 장후복이 황당한 표정을 지은 채 제대로 입을 열지 못했다.

국민 영웅 최강철이다.

그런데 이 사람이 왜 이 자리에 있단 말인가?

그때 그들의 모습을 지켜보던 신규성이 슬그머니 나섰다.

"인사하시죠. 마이다스 CKC의 회장님이십니다. 아마 두 분 도 잘 알고 계신 분일 겁니다."

"정말… 입니까. 최강철 선수가 정말 마이다스 CKC의 회장 님이란 말입니까?"

도저히 묻지 않고는 버틸 수 없었다.

말이 되어야 수긍을 하든가 말든가 할 것이 아닌가.

그랬기에 이무송은 최강철을 바라보기만 할 뿐 내민 손을 잡지도 못했다.

"일단 앉으시죠."

어이없어하는 그들을 향해 최강철이 따뜻한 미소를 보이며 먼저 자리에 앉았다.

그들로서는 마치 귀신을 본 것처럼 느껴질 것이다.

마이다스 CKC의 회장이란 신분이 아니라 복싱 영웅 최강철을 직접 봤다고 해도 놀라 뒤집어졌을 것이다.

그런데 그 두 사람이 같은 사람이라니, 이게 현실인지 꿈인지 가늠하기가 어려웠다.

겨우 자리를 잡고 앉은 그들에게 신규성이 직접 차를 타 와 앞에 놓자, 최강철의 입이 열렸다.

"많이 놀라셨을 겁니다. 제가 마이다스 CKC를 미국에서 연 것은 벌써 15년 전의 일입니다."

최강철은 시간을 들여 자신의 이야기를 그들에게 해줬다.

이야기가 진행될수록 그들의 얼굴은 놀람으로 인해 수시로 변했는데, 중요한 순간마다 양손을 비비며 흥분을 숨기지 못했다.

"제가 두 분을 이곳에 모신 것은 특별히 두 분께 할 이야기가 있어서입니다."

"휴우, 말씀하십시오."

아직도 흥분이 가라앉지 않은 이무송의 목소리가 떨려 나왔다.

오랜 세월 수많은 일을 겪으며 성장해 온 그였지만, 지금 이 순간만큼은 평정심을 찾기 어려운 모양이다.

"제가 피닉스전자를 인수한 것은 몇 가지 이유가 있기 때문입니다. 그 첫째는 피닉스전자를 대한민국의 미래로 만들기 위함이고, 두 번째는 비룡과 대우조선에 들어가야 할 첨단기술을 보좌해 줄 전자 회사가 필요했기 때문이에요. 재벌들의 불법적인 운영과 증여 같은 건 부차적인 이유에 불과합니다. 저는 피닉스전자의 주식을 쓸어 담아 전자에서 번 돈으로 비룡과 대우조선을 키워볼 생각입니다."

"으······."

"그러기 위해서는 피닉스전자가 세계를 제패하는 기업으로 성장해야 합니다. 이걸 보시죠."

최강철이 탁자 옆에 둔 서류를 꺼내 두 사람 앞으로 내밀었다.

그런 후 자신이 먼저 서류를 넘기며 그동안 준비해 놓은 미래 기술들을 꺼내 들었다.

안드로이드 운영 체계를 비롯해 스마트 TV, 제4의 혁명이라 불리는 인공지능, 스페이스 비전, 가상현실, 로봇 등이 그의 입에서 줄줄이 열거되었다.

이것들을 먼저 선점한다.

세계의 그 누구도 절대 따라오지 못하도록 과감한 투자와 연구 개발로 피닉스전자를 성장시키는 게 최강철의 계획이었다.

윤성호와 이성일이 맥주를 싸 들고 집으로 쳐들어온 것은 저녁을 먹은 후 뉴스를 보기 위해 텔레비전을 켰을 때다.

이 사람들이 온 이유는 뻔했다.

입국해서 방어전이 잡혔다는 이야기만 던진 후 체육관을 한 번도 찾아가지 않았기 때문에 쫓아온 것이 분명했다.

입국하자마자 정신없이 바빴다.

제주도에 계신 부모님을 찾아뵙고, 삼성전자와 대우조선에 관한 일을 처리하다 보니 그들을 만날 시간이 없었다.

윤성호와 이성일은 문을 열어주자 도끼눈을 부릅뜨고 최강철을 노려봤는데, 반항이라도 하면 금방 잡아먹을 기세이다.

"너, 죽을래?"

"그러지 않아도 내일은 체육관에 나갈 생각이었습니다."

"허이구, 잘도 그랬겠다."

"정말이에요."

"이놈이 나이가 들수록 거짓말만 늘어. 처음 복싱 시작할 때는 시합이 잡혔다는 소리만 들어도 훈련하자며 달달 볶더니 이젠 아주 천하태평이야?"

"그러게 말입니다. 아무래도 이 자식이 우릴 백수로 만들려고 작정한 것 같아요."

중간에서 이성일이 끼어들며 협공을 가했다.

그 모습에 최강철의 얼굴에서 저절로 웃음이 새어 나왔다.

이들만 만나면 편안하고 행복하다.

사업이나 교류를 위해 사람들을 만날 때는 언제나 마음 한쪽에 부담감을 가졌지만, 이들에게는 모든 것을 드러낼 수 있었다.

"그런데 맥주는 왜 가져오셨습니까?"

"내일부터 널 죽일 거니까. 이건 죽음을 앞둔 놈에게 주는 최후의 만찬이다."

"이왕이면 쥐포도 사 오지 그랬어요."

"오징어 있잖아!"

"쥐포가 더 맛있다니까요!"

"그냥 처먹어, 인마!"

"크크크……"

둘의 얼굴에도 미소가 번졌다.

그리고 이성일이 들어오면서 최강철의 엉덩이를 두드린 건 보너스였다.

부랴부랴 상이 차려지고 맥주와 안주로 준비해 온 땅콩, 오징어가 꺼내졌다.

여자가 셋이 모이면 접시가 깨진다고 했는데, 이들도 그에 못지않았다.

워낙 오랜 세월을 같이 보냈으니 할 말도 많고 추억도 많았다.

윤성호와 이성일은 번갈아 가며 최강철이 미국에서 한 짓에 대해 물어왔는데, 특히 아이에 관한 것과 챠베스에 관한 것이 대부분이었다.

"지영 씨는 어쩔 셈이냐?"

"곧 한국으로 들어올 거야. 지금 정리하고 있으니까 빠르면 내년 초에는 들어올 수 있어."

"집도 새로 장만해야겠네. 신혼인데 여기서 살 수는 없잖아."

"그래야겠지."

"이 자식아, 돈도 많은 놈이 이젠 좋은 데서 살아라. 내가 알아봐 줄까?"

"됐다, 인마."

"아들이면 좋겠지?"

"아뇨, 전 딸이 더 좋아요. 아들놈은 속을 썩이거든요."

"너 같은 아들이면 된다. 너희 부모님은 너 때문에 많이 행복해하시잖아."

"왜 이러십니까, 갑자기?"

윤성호가 어울리지 않게 칭찬을 하자 최강철이 가자미눈으로 그를 쳐다봤다.

이럴 때마다 뭔가 다른 말이 이어졌기 때문이다.

하지만 윤성호의 입에서는 전혀 다른 이야기가 흘러나왔다.

"강철아, 너 복싱 언제까지 할 거냐?"

"할 때까진 해야죠. 챠베스와 시합을 할 때까지는 기다려야 되지 않겠어요?"

"그놈이 끝내 응하지 않으면?"

"어느 정도 기다리다 안 되면 내가 내려갈 생각입니다."

"그건 안 돼!"

"관장님이 왜 그런 질문을 했는지 알기 때문에 드린 말씀입니다. 아마 관장님도 제가 복싱을 접을 때가 되었다고 생각하셨을 거예요. 그렇죠?"

"귀신같은 놈."

윤성호가 맥주잔을 들어 한입에 털어 넣었다.

맞는 말이다.

최강철의 나이는 벌써 35살이었고 방어전을 끝내면 곧 한 살을 더 먹게 된다.

복싱 선수로는 전성기가 훨씬 지난 나이였으니 명예로운 은퇴도 생각해야 할 시기가 되었다.

하지만 최강철의 반응은 자신이 예측한 그대로였다.

"저는 똥 싸고 밑을 닦지 않은 것처럼 복싱을 접고 싶지 않습니다. 시작을 했으니 마무리를 깨끗하게 끝내야죠."

"챠베스는 슈퍼라이트급에선 상대할 자가 아무도 없다. 그놈은 신이 빚은 복서라는 타이틀을 가지고 있을 정도로 위대한 선수야. 물론 네가 챠베스보다 못하다는 말은 절대 아니다. 하지만 과도하게 감량하고 싸우면 절대 이길 수 없어."

"알고 있습니다."

"그런데 왜 그러냐. 네 꿈이 뭔지 알지만 그래서는 안 된다. 패배를 하고 은퇴하느니 시기를 봐서 명예롭게 끝을 내는 게 좋아. 국민들을 위해서도, 너를 위해서도."

"강철아, 관장님 말씀이 맞다. 절대 그런 짓을 해서는 안돼."

윤성호에 이어 이성일까지 심각한 표정으로 말하자 최강철은 장난스러운 웃음을 지으며 맥주잔을 들었다.

"말이 그렇다는 거죠. 아직 챠베스가 어떻게 될지도 모르잖아요. 뭐 해? 일단 마셔. 관장님도 드세요."

잔이 들렸고, 최강철로 인해 분위기가 풀어졌다.

맞는 말이다. 나중 일을 가지고 벌써부터 고민한다는 것은 바보 같은 짓이다.

그들이 가져온 맥주 세 병은 금방 비워졌다.

내일부터 훈련을 시작할 선수에게 많은 술을 마시게 할 정도로 윤성호는 어리석지 않았다.

맥주를 마시며 훈련 스케줄과 미국으로 넘어가는 일정까지 전부 끝낸 상황이었기에 그들의 표정은 편안하게 변해 있었다.

"아휴, 아깝다. 조금 천천히 마실걸."

"네가 자꾸 건배하자고 그랬잖아. 나는 아껴 먹고 있었는데."

"어째 너희는 만나기만 하면 툭탁거리냐. 어른도 계신데. 하여간 이것들을 데리고 여기까지 온 나도 대단해."

"말썽은 관장님이 제일 많이 부렸거든요."

"햐아, 이놈 봐라? 내가 무슨 사고를 쳤는데?"

"인혜 누나 때문에 매일 술 마시고 안 들어와서 우리가 얼마나 찾아다녔는데요. 선수는 내팽개치고 연애에 빠져서 말이지."

"이놈아, 사랑은 위대한 거야. 사랑 가지고 시비 걸지 마라."

최강철의 말에 새삼스럽게 그때가 생각난 듯 윤성호가 입맛을 다셨다.

그러고 보니 정말 오래되었다.

최강철과 보낸 17년의 세월이 마치 꿈처럼 지나간 것 같았다.

이성일이 불쑥 입을 연 것은 두 사람이 처음 미국으로 넘어가서 지낸 이야기를 할 때였다.

"그때 관장님이 우리 돈 다 따먹었잖아요!"

"무슨 돈?"

"고스톱 쳐서 우리 돈 따먹은 거 기억 안 나요?"

"아, 그거? 이 자식아, 깜짝 놀랐잖아. 코 묻은 돈 따먹은 거 가지고 뭘 그래? 그럼 고수가 따지, 하수가 따냐?"

윤성호의 어깨가 올라갔다.

미국으로 넘어가 시합이 없을 때면 세 사람은 저녁에 모여 고스톱을 즐겼다.

일가친척 하나도 없는 낯선 땅이었고 두 사람은 영어도 잘 안 될 때였기에, 그들이 할 수 있는 건 그리 많지 않았다.

지금 생각해 보면 너무나 즐겁고 행복한 시간이었다.

"생각난 김에 오늘 한판 붙읍시다."

"허허, 얘가 아직도 정신을 못 차리고 어디서 함부로 덤비는 거야?"

"한 시간만 칩시다. 딱 열 시까지. 오케이?"

"성일아, 오늘 우리 관장님 주머니 탈탈 털어버리자. 가만있어 봐. 화투가 어디 있었는데……."

최강철이 벌떡 일어나 안방에서 부스럭거리며 한참 찾다가 거의 5분이 지난 후에야 먼지가 뽀얗게 앉은 화투를 가지고 나왔다.

처음 이 집에 이사 올 때 집들이하면서 이성일이 사놓고 간 것이다.

"덤벼. 오늘 고스톱의 진수를 보여준다. 관장님, 돈 잃고 돌려달라기 없습니다."

"캬캬캬, 내가 할 소릴 네가 하는구나."

"점당 100원이야. 외상 이런 거 절대 없어!"

*   *   *

청와대 대통령 집무실에 사람들이 모이기 시작한 것은 오후 3시 무렵이었다.

대통령이 직접 긴급회의를 소집했는데, 사안이 꽤 급했기 때문이다.

집무실에 모인 사람은 비서실장과 경제수석, 재무부 장관 등 경제계의 주요 인사들이었다.

오늘 대통령이 회의를 소집한 이유는 기업들의 부도가 끝없이 이어지고 있었기 때문이다.

정부가 추진하고 있는 고금리정책 때문이었다.

외환위기 속에서 달러가 유출되는 것을 막기 위해 거의 30%에 달하는 고금리정책을 폈지만, 그것이 기업의 발목을 잡아 고통받고 있었다.

실패한 정책.

경제계의 전문가들이 주장한 이 정책은 달러 유출을 막는 효과는 미비했고 기업들의 어려움만 가중시켰으니 최악의 선택이나 다름없었다.

대통령은 점점 어려워지는 현실에 불같이 화를 냈다.

대한민국에서 방귀깨나 뀐다는 자들이 머리를 맞대고 내놓은 정책이 실패로 나타나 국민들을 더욱 힘들게 만들자, 대통령은 최근 들어 밤잠을 못 자며 괴로워했다.

이대로는 안 된다.

무슨 수를 쓰든 새로운 정책을 마련할 필요성이 있었다.

참석자들이 전부 자리에 앉자 대통령이 노구를 이끌고 상석에 앉아 회의를 주재했다.

보고고 나발이고 필요 없었다.

이런 상황에서 형식적인 절차는 무의미하기 때문이다.

"재무부 장관, 지금 국고에 남은 달러가 얼마요?"

"정확하게 47억 달러입니다."

"우리가 진 빚은?"

"그게… 800억 달러 정돕니다."

"휴우, 그렇게 빠져나갔는데도 아직 그렇게나 많단 말이오?"

"대통령님, 그래도 남아 있는 외채는 장기 저리로 빌린 것이 많습니다. 악성 단기 채무는 절반도 되지 않습니다."

"이보시오, 재무부 장관. 아직도 그 소리요? 단기 채무건 장기 채무건 대한민국이 어려우면 빼내가는 게 그들의 행태라는 걸 직접 보고도 그런 소리가 나옵니까?"

"…죄송합니다."

대통령의 고함에 재무부 장관의 얼굴이 시뻘겋게 변했다.

참으로 죽을 맛이다.

힘든 시기에 괜히 장관을 맡아서 생고생을 하고 있으니 그의 처지도 참 불쌍했다.

"경제수석, 지금 기업들이 계속 부도나는 이유가 고금리 때문이라면서요. 맞습니까?"

"예, 대통령님. 그렇게 분석되고 있습니다."

"잘못된 정책으로 기업들을 죽였으면 대책이 나와야 할 것 아니오. 지금까지 도대체 뭘 하고 있는 겁니까?"

"그게 쉽지 않은 일입니다. 재무부 장관께서 말씀하신 것처럼 여기서 달러가 더 빠져나가면 국가 부도 사태를 맞게 됩니다. 기업들이 어렵다고 해서 정책을 바꾸면 돌이킬 수 없는 결과가 나타날 수도 있습니다."

"이 사람들이……! 그리 죽으나 이리 죽으나 뭐가 다르단 말이오? 기업들이 다 나자빠지면 국가 부도와 뭐가 달라? 당장 고금리정책을 완화시켜요!"

"대통령님, 달러가……."

"내가 직접 IMF 쪽에 추가 지원을 요청하겠소. 어차피 그놈들도 발을 들여놨으니 빼지도 못해. 대한민국이 망하면 그자들도 온전할 수 없으니 내가 담판을 짓겠습니다."

대통령이 단호하게 칼을 빼 들었다.

그러나 그것이 진짜 해답은 아니다.

IMF는 대통령의 말대로 그렇게 단순하고 어리석은 자들이 아니었다.

달러를 지원하면서 철저하게 알짜 기업들과 국가기관망, 보유 자원 등을 담보로 잡는 조치를 취했기 때문에 대한민국이 지구상에서 사라지지 않는 한 원금 회수가 가능한 상황이었다.

그랬기에 재무부 장관이 천천히 입을 열어 대통령을 향해 직언을 했다.

"대통령님, 지금까지 IMF가 500억 달러를 지원하면서 우리나라의 수많은 자원과 기업이 저당 잡혔습니다. 그들은 시간이 갈수록 악질적인 조건을 내세워 왔으나, 우리는 결국 그들의 말을 들을 수밖에 없었습니다. 정말 피눈물 나는 일이지요. 그렇기에 지금은 대통령님이 그들에게 직접 요청해서는 안 됩니다. 만약 대통령님께서 나선다면 그들은 지금보다 훨씬 지독한 조건들을 내세울 겁니다."

"답답하구려. 그럼 내가 어쩌면 좋겠소? 어떻게 해야 매일 자살까지 하고 있는 국민들의 고통을 해결해 줄 수 있단 말이오!"

*　　　　*　　　　*

최강철의 시합이 잡히자 외환위기 속에서 고통받고 있던 국민들의 얼굴에서 흥분이 솟아나기 시작했다.

계속 기업들이 부도를 맞고 있지만, 처음 외환위기가 닥칠 때보다 그나마 상황은 나아진 상태였다.

피닉스그룹을 필두로 기업들이 살아남기 위해 필사의 노력을 했고, 정부가 주도한 벤처기업 육성이 서서히 빛을 발하며 경제의 엔진이 서서히 돌아갔기 때문이다.

그럼에도 아직 정상으로 돌아오지 못한 상태였기에 사회는 암울함 속에서 하루하루를 보내고 있었다.

최강철은 피지컬 훈련을 시작했다.

예전과 똑같은 패턴.

윤성호의 스케줄에 맞춰 전신의 근육량을 끌어올리는 훈련은 처음만 어렵지 시간이 지나면 금방 숙달된다.

이완되었을 뿐, 근육을 새로 만드는 것이 아니기 때문이다.

그럼에도 일반인이 보기엔 상상하지 못할 정도로 지독한 훈련이다.

오전 4시간, 오후 4시간 동안 시행되는 각종 체력 강화 훈련은 오랫동안 복싱으로 단련한 최강철도 녹초가 될 만큼 힘들었다.

"헉, 헉, 헉!"

러닝 머신에서 언리미티드 러닝을 1시간 동안 시행하고 내려온 최강철의 온몸이 땀으로 범벅이 되어 있다.

매일 마지막 순간에 시행되는 이 언리미티드 러닝은 순간 스피드와 지구력을 동시에 장착하게 만드는 가장 효과적인 훈련이다.

"물 마셔!"

최강철이 바닥에 쓰러지자 윤성호가 다가와 물병을 내밀었다.

안쓰러운 얼굴.

복서로서 황혼기에 달한 최강철이 아직도 이렇게 미친 듯이 훈련을 하고 있는 건 그가 가진 부담감이 그만큼 크다는 것을 말한다.

대한민국의 영웅은 절대 지면 안 된다는 부담감 말이다.

낯선 사내들이 체육관 문을 열고 들어선 것은 최강철이 물을 마시며 지친 육체를 서서히 회복하고 있을 때였다.

"누구십니까?"

양복을 말끔하게 차려입은 사내들이 다가오는 것을 보며 윤성호가 입을 열었다.

아무도 올라오지 못하도록 조치했기에 분명 관원들이 제지했을 텐데 사내들이 여기까지 올라온 것이 이해되지 않았다.

그때 그의 앞으로 나서며 어디선가 안면이 있는 사람이 천천히 입을 열었다.

"최강철 선수, 저는 대통령 비서실장 이병춘입니다. 잠시 시간 좀 내주실 수 있겠습니까?"

*   *   *

청와대는 여러 번 와봤으나, 올 때마다 경직된 분위기에 치여 한 번도 웃어본 적이 없다.

그만큼 청와대가 주는 압박은 대단했다.

비서실장이 직접 와서 대통령이 만나고 싶다는 말을 했을 때 순간적으로 번쩍 뇌리를 스쳐 가는 게 있었다.

대통령은 그저 운으로 되는 게 아니다.

수많은 인맥과 정보, 그리고 자신의 역량이 합쳐진 후 하늘이 준 기회를 잡았을 때에야 가능하다.

그랬기에 최강철은 비서실장의 안내를 받으며 집무실로 향했다.

여기서도 마찬가지다.

청와대에 근무하는 사람들 역시 대한민국 국민이니 현관에서, 또는 복도를 지날 때마다 최강철을 보면 지체 없이 눈인사를 건넸다.

천천히 걸어 거대한 문 앞에 서자, 비서실장이 먼저 문을 열고 안으로 들어가며 그를 이끌었다.

이미 대통령은 그가 왔다는 것을 알고 있을 것이다.

문으로 들어서자 노구의 대통령이 힘겹게 자신을 향해 걸어오고 있다.

"그냥 계세요. 제가 가면 됩니다."

다가오는 대통령을 향해 최강철이 성큼성큼 걸어갔다.

그러고는 그가 내민 손을 정중하게 잡고 고개를 숙여 인사했다.

"대통령님, 오랜만에 뵙습니다."

"그렇구먼. 우리 작년 초에 보고 처음이지?"

"예."

"일단 앉아서 이야기할까?"

대통령이 손수 그의 손을 이끌고 소파로 향했다.

회의용 탁자가 아니라 소파이다.

이건 공식적인 초청이 아니라 개인적으로 불렀단 뜻이다.

대통령의 입이 열린 것은 최강철이 소파에 앉았을 때였다.

"비서실장, 오늘은 우리 둘이 할 이야기가 있으니까 차만 들여보내 주고 아무도 들어오게 하지 마세요."

"대통령님, 그건……."

"최강철 선수는 정치인도 아니고 경제계 인사도 아닙니다. 그러니까 괜찮아요."

"예, 각하."

잠시 뜸을 들이던 비서실장이 어쩔 수 없다는 듯 인사를 한 후 문을 빠져나갔다.

원칙적으로 대통령과의 독대는 금지되어 있다.

그것은 대통령 스스로 만든 규칙으로, 밀실 정치를 하지 않겠다는 국민과 한 약속이다.

그것을 대통령은 처음으로 깼다.

부드러운 시선으로 최강철을 향해 안부 인사를 하던 대통령이 본격적으로 입을 열기 시작한 것은 비서가 차를 가져다 놓은 후였다.

"최 군, 자넨 내가 왜 불렀는지 알지?"

"대충 짐작은 하고 있습니다."

"어떻게 된 건지 말해줄 수 있나?"

"예."

이미 알고 있으니 최강철은 자신의 신분을 숨기지 않았다.

국가 최고 통수권자인 그가 자신의 숨겨진 정체를 알아내는 것은 그리 어려운 일이 아니었을 것이다.

더구나 그는 미국의 유력 인사들과 친분이 두터운 것으로 유명했다.

그동안의 일을 천천히 이야기해 나가자 대통령의 얼굴이 수시로 변했다.

50년이 넘도록 정치를 하면서 독재와 싸워온 그는 웬만한 일에는 눈 하나 깜박이지 않았지만, 최강철의 말을 들으면서는 계속 신음을 흘러냈다.

"내가 자네의 신분을 안 건 대통령에 오르기 전이었네. 전임 대통령이 자네의 숨겨진 신분에 대해서 말해주더군. 처음에는 믿지 못했네. 복싱 영웅 최강철이 마이다스 CKC의 회장이란 말을 어떻게 믿을 수 있었겠어?"

"전임 대통령께서 말씀하셨단 말입니까?"

"그렇다네. 그는 자네가 비룡의 주인이란 걸 오래전부터 알고 있었다는구먼. 그래서 정동그룹을 인수할 때도 적극적으로 도와주었던 거야. 그걸 몰랐단 말인가?"

"저는 그런 일이 있는 줄 몰랐습니다."

"전임 대통령은 나와 쌍벽을 이루던 인물이지. 비록 외환위기로 인해 불명예스럽게 퇴진했지만, 자네만큼은 철저하게 보호했어. 오죽하면 최측근한테도 자네의 정체를 밝히지 않았겠나. 그는 그런 사람이지. 나는……."

그의 입에서 천천히 이야기가 흘러나왔다.

그는 대통령에 취임하기 전 전임 대통령과 단둘이 이야기를 나눌 기회가 있었다.

전임 대통령은 자신에게 나라를 망쳐서 미안하다며 눈물을 보였는데, 그 와중에도 비룡에 대한 이야기를 하며 눈을 반짝였다.

다른 건 다 못했어도 비룡만큼은 철저히 지켰다는 것이다.

무슨 소리냐고 되묻자 그는 '취임한 후 비룡에 대해 알아보라'는 말만 남기고 자리를 뜨는 바람에 더 이상 물을 수 없었다.

취임한 후 외환위기로 정신없는 와중에도 비룡에 관한 보고를 받으며 입을 떡 벌렸다.

정말 어이가 없어서 말도 나오지 않을 정도였다.

그때야 전임 대통령의 얼굴에서 왜 자랑스러움이 묻어나오는지 알 수 있었다.

이런 거대한 사업이 외국 언론과 국민들에게 전혀 노출되지 않도록 관리했다는 것은, 그가 얼마나 비룡에 대해서 공을 들였는지 알 수 있는 일이다.

그 역시 비룡에 대해서만큼은 철저히 관리하며 미국의 압박을 버텨냈다.

미국 측에서 IMF 지원 거부를 들먹이며 비룡에 대해서 공개하라고 압력을 가해왔지만, 그는 끝까지 비룡에 대해서만큼은 절대 자료를 내놓지 않았다고 한다.

대통령의 설명을 듣자 긴 한숨이 흘러나왔다.

그런 줄도 모르고 자신은 아무도 정체를 모른다고 착각했으니 얼마나 한심한 일이란 말인가.

"그래서 나 역시 자네가 삼성전자를 접수한다고 했을 때 적극적으로 도운 거야. 자네가 하고자 하는 일을 너무나 잘 알고 있었기 때문일세."

"감사합니다."

"최 군, 신분을 숨긴 이유가 있었을 것 같은데, 그게 뭔가?"

"저는… 제 행동이 세상에 알려지길 원하지 않았기 때문입니다."

"왜?"

"이미 아시겠지만 저는 그림자 경영을 추구하고 있습니다. 어둠 속에서 누군가를 위해 일하고 싶었습니다."

"누구를 말하는 건가?"

"대한민국입니다."

"으……."

최강철의 대답에 대통령의 입에서 또다시 긴 신음이 흘러나왔다.

하지만 이번 신음은 이전과 다른 뜻이 담겨 있었다.

"짐작은 하고 있었지만, 막상 자네에게서 이야기를 들으니 소름이 끼치는군."

"죄송합니다."

"이 사람아, 그게 죄송할 일인가. 그저 내가 부끄러울 뿐이지."

대통령의 얼굴에 희미한 웃음이 만들어졌다.

온갖 풍상이 들어 있는 그의 얼굴. 제대로 잠을 자지 못해 피곤함이 깃들어 있었으나 그의 눈만은 아이처럼 투명하고 맑았다.

"최 군, 나는 비룡을 보호하고 있었지만 어느 정도 일이 추진되었는지는 알지 못한다네. 지금의 상황을 설명해 줄 수 있겠나? 아니지, 말하지 않아도 되네. 궁금해서 미치겠지만 극비리에 추진하는 일들이니 외부에 노출돼서는 안 되겠지."

"말씀드리겠습니다."

"어허, 말하지 않아도 된다니까."

맑은 눈이 웃고 있었다.

대통령은 농담으로 이 상황을 풀어나가고 싶었던 모양이다.

"대통령님, 지금 비룡은 사거리 1,000㎞짜리 미사일 '천궁

1호'의 기술 개발을 끝낸 상태입니다. 아직 실험은 하지 않았지만, 워낙 막강한 기술진이 참여했기 때문에 금방 완성품을 만들어낼 수 있습니다."

"실험을 못 한 건 미국 때문이겠지?"

"그렇습니다."

"잘했네, 잘했어."

"비룡은 '천궁 1호'에 이어 사거리 2,000㎞ '천궁 2호'를 개발 중에 있습니다. 조만간 그것도 완성될 것입니다."

"장하구먼. 정말 장해."

대통령이 무릎을 치면서 기뻐했다.

미사일이 갖는 의미.

핵과 더불어 미사일은 최첨단 무기의 상징으로 국력을 나타내는 지표이기도 하다.

현재 한국의 미사일 한계 거리는 180㎞에 불과했으니 오히려 북한보다 못한 실정이었다.

그런 와중에 비룡이 2,000㎞짜리 미사일을 개발하고 있다는 소릴 듣자 대통령은 웃음을 참지 못했다.

"조금만 기다리게. 내가 미국과 담판을 짓겠네. 우리나라가 자기네 식민지도 아닌데 미사일 사거리를 제한하는 이유가 뭐야? 지금 사거리 갖고는 북한도 타격하지 못한단 말일세. 두고 봐. 내가 반드시 해낼 테니."

"기다리고 있겠습니다."

"다른 건?"

"대통령님, 비룡에서는 3년 이내에 국산 전투기를 생산할 수 있습니다."

"그게… 정말인가?"

"사실입니다."

"어느 정도인가, 지금 만들어지고 있는 전투기가?"

"정일환 박사의 말에 따르면 미그21 정도는 충분히 상대할 수 있는 성능을 가지고 있답니다."

"휴우, 심장이 다 떨리는구먼. 정부에서 하나도 도와주지 못했는데 벌써 그렇게나 했어. 정말 도깨비 같은 친구들이구먼."

이젠 더 이상 놀랄 일이 없을 것으로 생각했는데 또 입이 벌어졌다.

미사일과 다르게 전투기는 아무런 제약 없이 만들어낼 수 있다.

그럼에도 추진하지 못한 것은 초기 투자 비용이 워낙 많이 들고 기술력이 부족했기 때문이다.

그런데 비룡이 그것을 해냈다고 하자 절이라도 하고 싶은 심정이다.

"칭찬으로 듣겠습니다."

"최 군, 정부에서 도와주고 싶지만 지금 사정이 어렵다네. 그건 알지?"

"알고 있습니다."

"미안하네. 정말 미안해."

"아닙니다, 대통령님. 그동안 정부에서 암암리에 도와주었다는 것도 모르고 저 잘난 맛에 살았습니다. 이렇게 도와주신 것만으로도 고맙습니다."

"내 임기 중에 국가 재정이 다시 살아난다면 나는 열일 제쳐 놓고 비룡을 지원하겠네. 어떤 일이 있어도 말이야."

"일단 대한민국은 경제부터 살려야 합니다. 비룡에 관한 것은 그다음입니다."

"자네, 비룡을 가지고 어디까지 갈 생각인가?"

"지금 비룡이 움직이는 걸 미국도 알 겁니다. 그럼에도 적극적으로 나서지 않는 건 우리의 기술 수준으로는 자기네들을 따라오지 못할 거란 자만심 때문일 겁니다. 대통령님, 그래서 저는 2,000㎞ '천궁 2호'가 완성되면 비룡 쪽에 스페이스 프로젝트를 가동할 계획입니다."

"그건 또 뭔가?"

"우주 개발을 시작하겠다는 겁니다. 미국은 이미 오래전 인공위성을 쏘아냈고, 달 착륙에 이어 화성 탐사까지 진행하고 있습니다. 우리도 그것을 할 생각입니다."

"자네 혹시… ICBM 대신 그걸?"

"그렇습니다. 두 마리 토끼를 한꺼번에 잡는 것이지요."

"허어!"

"정부에서 도와주시면 충분히 가능합니다. 저희가 먼저 총대를 메겠습니다. 때가 될 때까지 대통령님이 외압만 막아주신다면 충분히 가능한 일입니다."

최강철은 두 눈을 빛내며 대통령의 얼굴을 바라보았다.

이런 기회는 만들고 싶어도 쉽게 만들어지는 게 아니다.

살아 있는 정권의 비호 속에서 일을 추진하게 된다면 비룡은 날개를 달게 될 것이다.

그러나 대통령의 입은 쉽게 열리지 않았다.

쉽게 대답할 수 있는 일이 아니었다.

국제 관계부터 정치적 이해타산, 앞으로 비룡에 투자되어야 할 국가 예산 등 생각하고 고민할 일이 어디 한두 가지가 아니었다.

그럼에도 대통령의 입이 다시 열린 건 그리 오래 걸리지 않았다.

"하겠네. 내 나이 이제 곧 여든이야. 이제 살 만큼 살았고 욕심도 없어. 군사독재와 싸우면서 팔다리가 병신이 되었음에도 이 자리에 연연한 것은 마지막으로 국가를 위해 봉사하고 싶다는 생각 때문이었네. 최 군, 자네가 하고 싶은 대로 하게.

내가 목숨을 내놓는 한이 있더라고 자네를 돕겠네."

"대통령님, 감사합니다."

"이 사람아, 감사는 내가 해야지!"

고개를 숙이는 최강철을 향해 대통령의 손이 다가왔다.

쭈그러든 그의 손이 최강철의 어깨를 쓰다듬었는데, 그 손길에는 무한한 따뜻함이 담겨 있었다.

마주 본 시선에 담긴 웃음.

그 웃음이 너무나 기꺼워 두 사람은 한동안 웃음을 멈추지 못했다.

먼저 웃음을 멈춘 건 대통령이었다.

"오늘 내가 자네를 보자고 한 건 부탁을 하기 위함이었어. 그런데 오히려 내가 부탁을 받았으니 이제 입이 떨어지지 않는구먼."

"말씀하십시오, 대통령님."

"비룡에 들어가는 돈이 한 해에 10억 달러라며?"

"예."

"그런데 어떻게 내가 염치없이 그 말을 꺼내겠나. 괜찮네. 나 혼자 해결할 테니 자네는 나랑 점심이나 먹고 가시게."

역시 노련한 사람이다.

누울 자리를 보고 다리를 뻗는다는 말이 있지만, 대통령처럼 산전수전 다 겪은 사람은 먼저 상황을 본다.

그렇기에 최강철은 빙그레 웃었다.

"대통령님, 아직 외환위기가 끝나지 않았기 때문에 고민이 많다고 들었습니다."

"맞네, 고민이 많지. 달러가 빠져나가지 않게 하기 위해 고금리정책을 썼더니 기업이 죽을 쑤고 있어. 금리를 내려야 기업이 움츠러든 걸 풀고 뛸 텐데, 실무자들이 극렬하게 반대한다네. 달러가 고갈되면 국가 부도까지 갈 수 있다는구먼."

"절대 그렇게 되지 않습니다."

"뭐가 말인가?"

"대한민국은 반드시 되살아납니다. 대통령님, 우리 국민들을 믿으십시오."

"금리를 내리란 말인가?"

"그렇습니다."

"달러는?"

"만약 문제가 발생한다면 제가 처리하겠습니다. 미국에 있는 모든 자산을 파는 한이 있더라도 국고가 고갈되는 일은 없도록 만들지요."

"정말… 그렇게 해줄 텐가?"

"대통령님, 저를 믿으십시오. 저 역시 반드시 해내겠습니다."

*   *   *

최강철은 청와대에서 나온 후 곧바로 서지영에게 전화를 걸었다.

아이를 가졌으나 아직 회사에 출근하고 있었기에 최강철은 그녀에게 언제든지 현금을 확보할 수 있는 준비를 해달라고 부탁했다.

동아시아의 외환위기로 인해 가라앉은 미국 주가는 급격하게 다시 원상태로 회복하고 있는 상태였는데, 월가의 판단에 따르면 향후의 주가 전망은 장밋빛이었다.

당연한 분석이다. 그리고 사실이기도 했다.

그럼에도 최강철은 주식에 투자되어 있는 자금 중 일단 30억 달러를 다음 주까지 확보하라고 지시했다.

약속을 했으니 지킨다.

만약 자신이 생각한 것처럼 금리를 내렸을 때 달러 유출이란 문제가 발생한다면 미국에 있는 모든 주식을 전부 팔아서라도 막을 생각이다.

더불어 미국의 주요 언론에 마이다스 CKC의 한국 투자를 적극적으로 홍보했다.

미국 최대의 투자회사인 마이다스 CKC가 외환위기에 빠진 대한민국에 이미 10억 달러를 투자했고, 앞으로도 계속 투자를 계획한다는 내용이었다.

대한민국이 가진 저력으로 봤을 때 지금이 투자의 적기이며 향후 커다란 투자 수익을 볼 수 있는 시장이란 분석도 같이 내놨다.

두 가지 전략을 병행한 것이다.

대통령은 최강철을 만난 후 곧바로 고금리정책을 과감하게 포기하고 빠르게 금리를 내리기 시작했다.

한국 경제가 급속도로 살아나기 시작한 것은 30%까지 치솟은 금리가 정부의 강력한 규제로 인해 12%대까지 떨어지면서부터였다.

달러 강세는 경쟁력을 확보한 기업의 급격한 수출 증가로 이어졌다.

거기다 한국의 주력 수출품인 반도체 가격이 서서히 상승 추세로 돌아섰고, 자동차, 전자 제품, 철강 등의 수출 증가와 SOC 산업이 본격적으로 가동되면서 경기가 활발하게 움직였다.

반면에 정부에서 우려하던 달러의 유출은 거의 없었다.

아니, 오히려 달러의 유입이 증가하기 시작했는데 마이다스 CKC가 대우조선에 이어 대우중공업, 대우자동차까지 한꺼번에 인수하는, 10억 달러 상당의 대규모 신규 투자를 감행했기 때문이다.

마이다스 CKC의 성공 신화는 업계의 바이블처럼 연구되고 모방되는 중이었기에 수많은 투자사가 주식시장과 기업 투자에 열을 올렸다.

정말 기적 같은 역전.

30억 달러까지 떨어진 외환 보유고가 불과 세 달 만에 170억 달러까지 올라갔으니 이건 기적이나 다름없었다.

더군다나 기업들의 수출 호조가 계속 이어지며 외환 보유고는 급속도로 상승하는 중이었다.

태국이나 필리핀 등 동아시아의 다른 국가들과는 달랐다.

근면과 성실을 생명처럼 여기는 대한민국의 기업들이 밤잠을 설쳐가며 수출 증가에 전력을 기울였기 때문이다.

IMF 구제금융을 받은 지 불과 1년 만에 대한민국 정부는 긴급 자금 중 30억 달러를 상환했다.

최강철이 미국에서 랭킹 4위인 카라발로를 5라운드에 KO로 잡으며 방어전을 성공한 다음 날이었다.

전 국민이 축제 분위기에 빠져들었다.

39전 전승 KO승의 신화를 작성한 최강철의 승리와 한국 경제의 기적 같은 반격.

외신에서는 금방이라도 쓰러질 것 같던 대한민국이 두 가지 기쁜 소식을 세계에 전했다며 최강철의 승리 소식과 IMF 구제금융의 조기 상환에 대해 대서특필했다.

경악이다.

비슷한 시기에 외환위기를 맞은 다른 나라들은 아직 수렁에 빠져 허우적거리며 앞이 보이지 않는 암흑 속에서 헤매고 있는데 불과 1년 만에 대한민국이 조기 상환을 시작하자, 외신들은 기적 같은 회복이라며 놀라움을 숨기지 못했다.

*　　　　*　　　　*

최강철은 방어전을 끝내고 뉴욕에서 머물며 서지영과 함께 돌아올 준비를 했다.

오래전 이민을 했기 때문에 미국 국적을 가지고 있었지만, 최강철과 결혼하는 순간, 그녀의 국적변경은 언제든지 가능한 상황이었다.

아이를 가진 이상 그녀를 더 이상 미국에 남겨둘 이유가 없었다.

더군다나 마이다스 CKC은 초창기와 달리 완벽한 시스템을 구축한 상태였기 때문에 그녀가 굳이 회사에 출근할 이유도 없었다.

이제 마이다스 CKC는 미국 최고의 두뇌들이 가장 근무하고 싶어 하는 투자회사에 이름을 올린 상태였다.

주식과 부동산, 기업 팀으로 대별된 마이다스 CKC의 투자 팀은 분야별로 100여 명씩의 브레인이 일하고 있는 중이었다.

그리고 클로이와 수잔, 황인혜의 존재도 미더웠다.

그녀들은 일선에서 빠진 서지영 대신 마이다스의 업무를 전담하며 기하급수적으로 자산을 불려가고 있었다.

미국에 머물며 한국의 선전을 지켜봤다.

대통령은 약속한 대로 금리를 내렸고 기업들은 외환위기에서 벗어나기 위해 밤잠을 설치며 일했기 때문에 대한민국의 위기는 곧 진정될 것이 분명했다.

거대한 자금의 흐름.

230억 달러의 투자 자금은 불과 1년 만에 300억 달러로 늘어났고, 시스코와 윈도우에서 벌어들인 수익금까지 투자되면서 마이다스 CKC의 주식시장 자산은 400억 달러에 달했다.

당장에라도 대한민국을 IMF에서 탈출시킬 정도로 거대한 자금이었다.

과연 최강철이 가지고 있는 자산은 얼마나 되는 걸까.

이제 본인도 모를 지경이다.

현금만 400억 달러였고 시스코와 윈도우의 가치, 그리고 이제 기지개를 켜면서 수익을 올리기 시작한 호리즌과 엠파이어, 미국 주요 도시에 투자된 부동산까지 모든 것을 감안한다면 그 숫자를 헤아리기 어려울 지경이다.

거기다 새롭게 재편된 피닉스그룹은 대한민국을 대표하는 기업이 되어 그 시장가치가 연일 상한가를 치고 있었다.

최강철이 클로이에게 100억 달러를 준비하라고 지시한 것은 IMF 구제금융을 한국이 처음으로 상환했다는 기사를 본 직후였다.

시합이 끝나자마자 그는 직접 마이다스 CKC에서 머물며 주식의 매도 현황을 체크했는데, 마음이 급했기 때문이다.

여기서 한 방만 더 터뜨려 준다면 대한민국의 IMF 조기 졸업은 훨씬 더 앞당겨질 것이다.

물론 그것만이 이유가 아니었다.

100억 달러라면 현재의 원화 가치로 20조에 육박한다.

외환위기로 달러 가치가 엄청나게 상승한 상태였으니 일종의 투자이기도 했다.

앞으로 한국에서 써야 할 돈은 천문학적일 것이고, 그 돈을 미리 준비해 놓을 필요가 있었다.

대한민국 정부와 마이다스 CKC, 그리고 자신에게까지 더할 나위 없이 좋은 투자였다.

*　　　　　*　　　　　*

"강철 씨, 나 준비 다 끝났어요."

"서운하지?"

"아뇨. 강철 씨와 같이 가는데 내가 왜 서운하겠어요."

"이런, 어제 장모님은 펑펑 우시던데⋯⋯."

"괜찮아요. 언제든지 보고 싶으면 오갈 수 있으니까 울지 말라고 내가 잘 위로했어요."

"응."

거짓말이다.

어제 방 밖으로 들리는 두 여자가 우는 소리는 마치 천둥이 치는 것과도 같았다.

왜 서운하지 않을까.

미국으로 쫓겨 와서 거의 30년이 다 되도록 두 모녀가 의지하며 살았다. 그 헤어짐의 슬픔은 간장이 끊어질 만큼 컸을 것이다.

그럼에도 서지영은 전혀 내색하지 않으며 최강철을 따라나섰다.

짐은 그리 많지 않았다.

미국에 마이다스 CKC가 있으니 언제든지 돌아와 머물 수 있어야 했다.

짐을 들고 나오자 집 밖에 수많은 사람이 모여 있다.

장모님은 물론이고 클로이와 수잔, 황인혜와 보삭 부부, 시스코를 비롯하여 호리즌, 엠파이어의 CEO들까지 서지영의 귀국을 배웅하기 위해 미국 각지에서 날아온 상태였다.

서지영은 눈물을 참기 위해 안간힘을 다하고 있었다.

헤어짐의 슬픔을 그녀는 웃음으로 대신하고 있었지만 눈가는 어느새 촉촉하게 젖어 있었다.

공항에 도착한 후 출국 절차를 모두 마치고 헤어지는 순간이 되자 제일 먼저 장모님이 눈물을 터뜨렸다.

"최 서방, 우리 지영이 잘 부탁하네."

"걱정하지 마세요. 제 목숨처럼 아끼고 사랑하겠습니다."

"그래, 그래주게."

많은 인사와 이별의 아쉬움이 지나갔다.

특히 서지영과 오랜 시간 함께해 온 클로이와 수잔의 눈물에 공항이 울음바다로 변했다.

그렇게 애써 눈물을 참고 있던 서지영의 얼굴도 눈물로 흠뻑 젖었다.

하지만 그녀의 눈물은 오래가지 않았다.

미처 지우지 못한 눈물을 매달고 웃음 지으며 그녀는 친구들에게 인사했다.

"나 보고 싶어도 참아. 신랑 따라서 가는 거니까 축복해 줬으면 좋겠어. 난 지금 너무 행복해. 그동안 강철 씨와 헤어져 살면서 너무나 힘들었거든. 그러니까 날 웃으면서 보내줘."

*　　　　*　　　　*

혼자 돌아오던 비행기의 옆 좌석에 서지영이 나란히 앉았다.

　부모님은 서지영과 함께 돌아간다는 소식을 전하자 정말 많이 좋아하셨다.

　결혼하고 계속 떨어져 살았기 때문에 부모님은 말은 하지 않으셨지만 내내 걱정하고 계셨을 것이다.

　언제나 그렇듯이 최강철은 비행기를 탄 후 한바탕 홍역을 치렀다.

　상대가 어떤 지위에 있든 상관없었다.

　대한민국 국민에게 그는 영웅이었으니, 사람들은 그를 보면서 즐거움과 놀람을 숨기지 못했다.

　그건 스튜어디스들도 마찬가지였다.

　퍼스트 클래스에 근무하는 스튜어디스들은 승무원 중에서도 최상위 레벨이었기에 그 미모와 몸매가 타의 추종을 불허할 만큼 뛰어났다.

　그런 그녀들이 최강철의 등장에 술렁거렸다.

　미주 노선의 승무원들에게는 한 가지 전설이 있다.

　바로 비행 중 최강철을 만나면 커다란 행운이 온다는 것이다.

　당연히 말도 안 되는 일이다.

　매년 한두 번씩 미국행 비행기를 타는 최강철을 만나고 싶어 만들어진 선배들의 장난일 것이다.

하지만 스튜어디스들은 그것을 철석같이 믿으며 즐거워했다.

어떤 여자들의 즐거움은 어떤 여자에게는 그렇지 않은 경우도 있다.

바로 지금의 서지영처럼.

"뭐야? 저 여자가 아까부터 당신을 보고 있어. 아는 사람이야?"

"몰라."

"그런데 왜 자꾸 웃어? 계속 눈웃음치잖아요!"

"손님이니까 그런 거지. 원래 스튜어디스들은 잘 웃어."

"어라? 이 남자, 말하면서 왜 시선을 피해? 성말 뭐 있는 거아냐?"

"당신 남편, 꽤 유명한 사람이야. 지금 저 사람들, 언제 사진 찍어달라고 부탁할까 고민하는 중일 거야."

"다른 건 정말 없는 거지?"

눈까지 부릅뜨고 따지는 서지영을 바라보며 최강철은 한숨을 길게 흘려냈다.

혼자 살면서 엉뚱한 짓을 한 적은 없지만, 막상 서지영이 옆에서 째려보자 덜컥 겁이 났다.

그동안 자신을 향해 접근해 온 여자는 셀 수 없을 정도이다.

결혼하기 전에도 그랬고, 결혼한 후에도 수없이 많은 여자들이 추파를 던지며 그를 유혹했다.

거기에는 누구나 알 정도로 유명한 영화배우와 가수, 심지어 아나운서까지 다양했는데 매력이 철철 넘칠 정도로 아름다운 여자들이었다.

한마디로 스튜어디스의 눈웃음 정도는 이야깃거리도 안 된다는 말이다.

만약 서지영이 그런 사실을 안다면 자다가도 벌떡 일어날 것이다.

그랬기에 최강철은 서지영의 부릅뜬 시선을 바라보며 오히려 강하게 밀어붙였다.

여기서 조금의 빌미라도 준다면 처음부터 기선을 제압당할 수 있었다.

"여보세요, 서지영 씨. 당신 남편은 목석같은 남잡니다. 난 오직 당신밖에 없어."

"흐흥, 이래서 내가 한국에 꼭 가야 해. 당신은 너무 매력 있어서 혼자 두면 위험하다고."

"정말 내가 매력 있어?"

"당연하지."

최강철이 스튜어디스가 보는 앞에서 그녀의 손을 다정하게 잡자 그제야 의심을 푼 서지영이 배시시 웃었다.

그런 그녀의 귀에 대고 최강철이 쐐기를 박았다.

"난 어떤 여자가 와도 안 서. 내 물건은 오직 당신 앞에서만 선단 말이야. 그러니까 전혀 걱정할 필요 없어."

"아휴, 이 남자가……."

귀에 대고 소곤거렸지만, 서지영의 얼굴이 금방 발갛게 달아올랐다.

그럼에도 싫어하는 표정이 아니다.

여자는 참 단순하다.

오직 자신만 좋아해 준다는 남자의 거짓말에 천국을 헤매는 게 바로 여자다.

*　　　　*　　　　*

공항에서 내리자 수많은 기자와 군중이 자신을 기다리고 있었다.

서지영은 그 모습을 보면서 너무 놀라 입을 떡 벌렸다.

이런 광경은 처음 봤을 것이다.

그녀는 그동안 한 번도 시합을 끝낸 후 최강철이 귀국했을 때 벌어지는 일을 경험해 보지 못했다.

공항은 인산인해를 이뤘고, 군중들의 입에서 최강철의 이름이 끊임없이 연호되고 있었다.

최강철은 서지영의 손을 잡고 군중들을 향해 손을 흔들었다.

"지영 씨, 당신도 인사해. 사람들이 기다리고 있잖아."

"내가 인사하면 이상하게 생각하지 않을까?"

"이번에 당신과 같이 오는 걸 모두 알고 있어. 그러니까 인사해도 돼."

"응."

그때야 서지영이 사람들을 향해 손을 들어 인사했다.

하지만 어색하다.

이런 자리가 처음이기 때문인지 그녀의 행동은 무척 부자연스럽게 보였다.

그럼에도 군중들은 두 사람을 향해 환호를 아끼지 않았다.

대한민국 국민들은 다시 한번 승리의 기쁨과 희망을 일깨워 준 최강철에게 뜨거운 박수로 고마움을 전했다.

*   *   *

최강철은 한국으로 돌아와 제일 먼저 엔젤 재단을 찾아 진행 상황을 체크했다.

그가 가장 역점(力點)을 두고 있는 일 중의 하나가 바로 엔젤 사업이었다.

이제 엔젤 재단이 운영하는 고아원의 숫자는 정확하게 100개를 채웠다.

사람들이 생각하는 그런 고아원이 아니라 최신식의 건물에 체계적으로 관리되고 있는 대규모 시설이었다.

오죽하면 외국의 유력 언론들까지 대한민국 엔젤 재단이 운영하는 고아원을 취재하러 수시로 오겠는가.

엔젤 재단의 복지시설이 들어서면서 허술한 관리와 낙후된 시설, 정부의 보조금을 빼먹던 고아원은 서서히 자취를 감췄다.

덕분에 부모를 잃은 고아들은 거의 대부분 엔젤 재단으로 들어와 자리를 잡았다.

벌써 초창기에 들어온 아이들은 성장해서 이미 대학교에 들어갔고, 사회에 진출해서 일을 시작한 경우도 많았다.

재단 대표인 서영선은 최강철이 들어서자 기쁜 얼굴로 맞이했는데 할 말이 꽤 많은 것 같았다.

"회장님, 어서 오세요."

"그동안 잘 지내셨죠?"

"그럼요."

이미 50대에 들어선 그녀의 얼굴에 주름이 들어섰다.

재단을 처음 맡았을 때는 그래도 눈가의 주름이 보이지 않았는데, 벌써 시간이 그렇게 지난 것이다.

"아이들은 어떻습니까?"

"아주 좋아요. 이런 시설에서 자라는 아이들이 잘못될 리 없잖아요?"

"다행이네요."

"그리고 이젠 들어오는 숫자도 많이 줄었어요. 회장님이 계속 홍보를 하셔서 어린 친구들이 사고를 치는 경우가 줄어든 것 같아요."

"재원 상태는 어떤가요?"

"외환위기 이후 지원금이 반으로 줄었어요. 그래서……."

"그렇겠죠. 제우스의 김 사장님한테 말씀은 하셨나요?"

"아뇨, 우리 재단도 이제 자립할 때가 된 것 같아 직원들이 자체적으로 노력하고 있어요. 언제까지 제우스의 지원을 받기만 할 수는 없잖아요."

"힘들 때는 하셔야 합니다. 엔젤 재단은 돈을 버는 회사가 아니에요. 아이들의 꿈과 희망을 키우는 곳입니다. 그러니 직원들을 이용해서 지원금을 확보하려는 생각은 버리세요. 알아서 들어오는 지원금과 정부 보조금을 제외하고 재단에 필요한 돈은 무조건 제우스에 신청하십시오."

최강철은 엔젤 재단의 관리를 제우스에 맡겨놓았다.

어떤 조직도 그대로 두면 썩게 된다는 것을 너무나 잘 알기 때문이다.

보모들을 비롯해서 엔젤 재단의 직원들은 상당히 좋은 대우를 받고 있으나, 언제 어느 때 문제가 발생할지 모른다.

아이들을 관리한다는 특수성 때문에 그런 조처를 해놓았다.

회사의 경영은 자율적으로 맡길 수 있지만, 아이들에게만큼은 조금도 소홀하고 싶지 않았다.

습관적으로 아이에게 손을 대는 보모들은 가차 없이 잘랐고, 운영비를 착복한 직원 몇은 감방에 처넣었다.

다른 건 몰라도 아이들에게 못된 짓을 하는 자들은 절대 용서치 않겠다는 게 그의 생각이다.

"미안해서 그렇죠."

"미안하게 생각할 일이 아닙니다. 우리 엔젤 재난은 곧 양로원 시설에도 투자를 시작할 겁니다. 다시 말씀드리지만 엔젤 재단은 사회의 약자들을 돕기 위해 만들어졌다는 걸 잊으시면 절대 안 됩니다. 아시겠죠?"

"예, 회장님."

"돈은 걱정하지 마시고 아이들이 씩씩하게 자랄 수 있도록 최선을 다해주세요. 그렇게만 해주시면 됩니다."

"회장님, 아이들은 언제 만나실 건가요?"

서영선이 궁금한 듯 최강철의 얼굴을 빤히 바라봤다.

그동안 한국에 머물 때면 시간이 날 때마다 고아원을 찾았다.

아이들은 그가 온다는 소식을 들으면 밤잠을 설치며 기다렸는데, 이는 그에게서 꿈과 희망을 보기 때문일 것이다.

최강철은 아이들의 순수한 눈망울을 보면서 끝없이 다짐했다.

너희들의 잘못이 아니야.

그리고 너희들의 삶은 지금부터 시작이니까 행복하게 살아야 한다.

*   *   *

마이다스 CKC 한국 지부는 시장판을 연상시켰다.

매일같이 전쟁이었다.

워낙 거대한 규모의 자금이 매일 흘러들어 오고 있기 때문에 그것을 처리하느라 300여 명의 직원은 밤잠을 설치며 일을 했다.

마이다스 CKC 미국 본부는 100억 달러를 순차적으로 나누어 한국으로 보냈는데, 그 돈은 자금이 부족한 시중은행으로 차곡차곡 전환되어 기업으로 흘러 나갔다.

구제금융에 대한 2차 상환은 1차 상환 후 정확히 2개월 만이었다.

이번에 상환된 금액은 70억 달러였다.

무리를 하면 더 많이 갚을 수도 있었지만, 정부는 다시 발발할지 모르는 상황에 대비해 200억 달러를 예비비로 남겨두었다.

이런 속도로 움직인다면 1년이면 충분했다.

더군다나 한국 경제의 움직임이 현재 폭발적으로 터지는 상황이었고, 마이다스 CKC에 이어 화이트 섀도들이 속속 들어오는 중이었기에 달러 보유고는 급격히 증가하는 중이었다.

동아시아 국가들의 경제 관료들이 서울로 몰려들었다.

단시간 내에 외환위기를 벗어나고 있는 한국의 기적을 배우기 위함이다.

하지만 상황이 다르다.

한국은 그들과 다른 근면성과 애국심이 있었고 마이다스 CKC를 이끄는 최강철이 있었으니 배운다고 해서 배울 수 있을 리 없었다.

*　　　　　*　　　　　*

"시장이 미쳤습니다."

"아뇨, 이건 시작에 불과합니다."

최강철이 자리를 잡고 앉자 신규성이 벌겋게 달아오른 얼굴로 거품을 물었다.

최근 들어 들썩이던 코스닥으로 수많은 자금이 몰려들며 주가가 미친 듯이 오르기 시작한 것이다.

그 모습을 보면서 최강철이 빙그레 웃었다.

그의 지시로 신규성은 20개의 자회사를 통해 닥치는 대로 유망한 벤처기업들의 지분을 쓸어 담았다.

1999년 5월.

2,000억을 투자했는데 열풍이 불기 시작하자 불과 한 달 만에 50%의 수익이 생겼다.

이건 투자가 아니라 사기 수준이었다.

"회장님은 이렇게 될 걸 알고 계셨던 거죠?"

"저는 마이다스의 손을 가졌으니까요."

"솔직히 말하십시오. 회장님 몸에 귀신이 들어 있는 거 아닙니까? 거 왜 있잖아요. 사람 속에 들어가 있는 처녀 귀신이라던가."

"하하, 그럴 리가요."

"벌써 수익률이 50%를 넘었는데 이제 시작이라고요? 회장님은 이 시장을 얼마까지 보고 계신 겁니까?"

"우리는 10월부터 코스닥에 들어 있는 모든 주식을 처분해야 됩니다."

"10월이요? 이런 롤러코스터 판에서 그렇게나 오래 끌고 가란 말입니까?"

"그때까지 가야 합니다. 충분해요."

"휴우, 미치겠군요."

신규성을 보면서 최강철은 또다시 미소를 지었다.

이해되지 않을 것이다.

외환위기 속에서 주식시장에 불고 있는 '광풍.'

이건 정말 한순간 몰아닥친 미친바람이었기에 신규성의 눈은 흔들릴 수밖에 없었다.

거대한 자금을 운용하고 있었지만, 이런 경우가 발생할 때마다 떨린다.

자신의 손에 의해 몇천억에 달하는 돈이 한순간에 공중으로 사라질 수 있다는 조급함은 불면증까지 만들어냈다.

그럼에도 최강철의 태도는 요지부동이었다.

"정부에서 추진하고 있는 벤처기업 육성은 이제 시작입니다. 사람들은 그 장밋빛 청사진에 속아 가지고 있는 돈을 내놓을 겁니다."

"이건 폭탄 돌리기예요. 언제 터질지 모릅니다."

"맞습니다. 누군가는 엄청난 피해를 보면서 피눈물을 흘리겠죠. 하지만 우리가 나서지 않아도 발생할 일이에요. 그렇기 때문에 제가 나선 겁니다. 우리는 그들의 피눈물을 잊지 않을 테니까요."

"으······."

신규성의 입에서 긴 신음성이 흘러나왔다.

대충 무슨 뜻인지 안다는 뜻이다.

그럼에도 그는 지금 최강철이 한 말의 진정한 의미에 대해서는 모르는 게 분명했다.

피눈물.

그렇다. 이번 판에서 대한민국 국민들은 외환위기 못지않은 피눈물을 흘리게 될 것이다.

정부에서 추진하고 있는 벤처 육성 계획은 또다시 코스닥 광풍을 일으켜 수없이 많은 사람의 눈물을 흘리게 했다.

그 속에서 웃고 있던 자들.

국민들의 돈을 가로채서 자신의 배를 불린 자들의 검은 음모와 역겨운 냄새가 진동했으나 최강철은 개의치 않았다.

어차피 더러운 판이 벌어진다면 그 판을 외면하는 것보다 정리해 버리는 게 낫다는 생각이다.

신규성이 말한 대로 지금 현재 벤처기업들이 주를 이루는 코스닥 시장에 열풍이 불기 시작했다.

하지만 이건 정말 시작에 불과했다.

1,000원에 불과하던 새롬 기술은 50만 원까지 오른 후 10분의 1로 액면 분할을 하고, 그 후 다시 50만 원까지 오르는 괴력을 발휘한다.

만 원을 투자했다면 500만 원이 된다는 뜻이다.

물론 새롬 기술에 한정되어 벌어진 일이 아니라 코스닥 전체에 불어닥친 광풍이었다.

단기간에 이런 주가 상승이 역사상 있었을까?

그런 현상이 실제 대한민국에서 일어났다.

정부와 증권사들의 교묘한 전략이 국민을 완벽하게 속이며 벌어진 참사였다.

*　　　　*　　　　*

"피닉스는 어떻습니까?"

"좋습니다. 모든 계열사가 계속 치고 올라 이제 전부 업계 1위 기업으로 올라섰어요. 이대로 가면 피닉스그룹이 한국 경제를 휘어잡는 건 어려운 일이 아닙니다."

"전자의 주식은 계속 확보하고 있나요?"

"예, 현재까지 45%를 확보했습니다. 그런데 우리가 주식을 확보하고 있다는 게 서서히 알려지면서 계속 주가가 오르고 있습니다. 회장님, 그래서 말인데요. 시간을 갖고 밀고 당기면 어떻겠습니까?"

"그건 알아서 하십시오."

"그럼 그렇게 진행하겠습니다."

"조선과 중공업, 자동차는 어떻게 진행되고 있죠?"

"거의 끝나가고 있습니다. 전부 합해서 9,800억이 들었습니다. 죄송한 말씀입니다만, 그 와중에 제가 가지치기를 좀 했습니다."

"어떤?"

"그쪽 노조는 우리나라 최고의 강성 노조를 가지고 있습니다. 그런 노조가 있는 한 우리가 인수한다고 해도 조만간 다시 큰 위기를 맞게 될 거예요. 그래서 인수하는 과정을 통해 고름을 전부 짜냈습니다. 철저한 검증을 통해 무능력한 자들도 마찬가지로 쳐내고 있습니다. 피닉스그룹의 이상에 맞는 기업을 만들기 위해 어쩔 수 없었으니 이해해 주십시오."

무슨 소린지 알겠다.

인수 과정에서 강성 노조를 주도한 자들을 전부 잘라냈고, 새롭게 탄생하기 위해 구조 조정을 하고 있다는 뜻이다.

당연한 말이지만 마음이 무거웠다.

그들 역시 한 가정의 가장이었을 테니 퇴출된다는 건 사망 선고를 받은 것이나 다름없을 것이다.

그럼에도 최강철은 그저 묵묵히 고개만 끄덕였다.

그가 하고자 하는 일은 새로운 세계를 만들어 나가는 일이다.

구태의연한 생각과 행동을 가진 사람들이 같이하기엔 너무나 어려운 일이었다. 마음은 아파도 견뎌내야 한다.

그랬기에 최강철은 불안한 눈으로 자신을 바라보는 신규성을 향해 천천히 입을 열었다.

"그들이 아파하지 않도록 마무리를 잘해주세요. 그리고 새로 선임된 사장단과 제가 만나겠습니다. 일정을 잡아주시길 바랍니다."

"전자처럼 미래 프로젝트를 주실 생각입니까?"

"그럴 생각입니다. 더불어 조선과 중공업에 대한 대대적인 투자 계획도 준비해야 합니다. 조선과 중공업은 비룡 못지않게 중요한 기업이니까요."

"알겠습니다."

"사장님, 이제 피닉스그룹은 모든 진용을 갖추었습니다. 그래서 저는 여기서 확장을 멈출 생각입니다."

"현명하신 판단입니다."

"지금부터 피닉스그룹은 당초 생각한 것처럼 세계를 향해 진출해야 됩니다. 세계에서 가장 강하고 단단한 기업으로 만들어야 가능한 일이죠. 구태에 젖는 순간 그 꿈은 이루어지지 않습니다. 오직 혁신과 창의만이 그 꿈을 이루게 되는 초석이 될 겁니다."

"회장님께서 각 기업에 준 미래 프로젝트만으로도 충분합니다. 피닉스그룹은 반드시 그렇게 될 수 있습니다."

신규성이 자신 있게 대답했다.

최강철만 있다면 무슨 일이라도 할 수 있을 것 같았다.

그의 머리에서 쏟아져 나오는 혁신적인 생각과 기술은 그로서는 상상조차 하지 못한 것 천지였다.

어디 그뿐이랴.

그런 것들을 실천해 나가는 과정이 압권이었다.

물론 그 이면에는 막강한 자금력이 있기에 가능했지만, 그럼에도 최강철의 추진력은 무시무시할 정도로 대단했다.

"한 가지 드릴 말씀이 더 있습니다."

"말씀하십시오."

"피닉스그룹이 세계를 제패하는 초석이 있어야 됩니다. 사장님께서는 그 초석이 뭐라고 생각하십니까?"

"글쎄요, 저는……."

"바로 국민입니다. 대한민국의 국민 말입니다."

"아……."

"피닉스그룹은 대한민국 국민의 정신과 행동을 서서히 개조해 나가는 일에 앞장서야 합니다. 제가 하고 있는 엔젤 재단의 일은 그중 아주 사소한 것일 뿐이죠."

"국민의 정신과 행동을 어떻게 개조해 나간단 말입니까?"

"떳떳하고 정의롭게 살도록 해줘야 합니다. 다른 사람을 먼저 배려하고 부끄럽지 않은 인생을 살아가도록 만드는 겁니다. 여유로운 삶과 행복한 미래를 꿈꾸는 그런 국민들이 된다면 우리나라의 역사가 바뀌게 될 거예요."

"음……."

"그래서 피닉스그룹 전 계열사가 한 가지 제도를 만들었으면 합니다. 저는 남을 위해 희생하는 사람이 얼마나 커다란 보상을 받는지 국민들한테 직접 눈으로 보여주고 싶습니다."

제57장
마지막 승부Ⅰ

　세월은 빠르게 지나갔다.

　최강철은 다시 한번 방어전을 치르는 것으로 결정되었는데 랭킹 8위 도널드 해리와의 시합이었다.

　시합은 10월로 결정되었기 때문에 최강철은 윤성호, 이성일과 함께 미국으로 넘어갈 준비를 했다.

　당연히 서지영도 같이 간다.

　그녀는 벌써 아이를 가진 지 8개월이나 되었기 때문에 출산이 다가오고 있었다.

　장모님에게 부탁할 생각이다.

자신이 그녀의 곁에 머물며 최선을 다했고, 어머니가 수시로 올라와 음식을 해 먹였다. 그래도 장모님이 해주는 것보다는 못했을 것이다.

더군다나 아이를 출산하고 난 후가 문제였다.

제주도에 계신 어머니가 서울로 올라와 돌볼 수도 없으니 아이와 산모를 장모님한테 맡기는 것이 좋겠다는 생각이 들었다.

그동안 정부는 또다시 4개월 만에 150억 달러를 IMF에 상환했다.

무디스를 비롯한 3대 신용평가사들이 대한민국을 투자 적격으로 전환했고, 세계 언론은 한국이 외환위기를 올해 안에 벗어날 것으로 확신한다며 기적이란 표현을 숨기시 않았다.

그들은 대통령과 정부, 기업, 국민이 하나가 되어 국가의 위기를 현명하게 헤쳐 나갔다며 침이 마르도록 칭찬했다. 한국의 무한한 잠재성을 감안한다면 향후 세계경제의 중심으로 거듭나게 될 것으로 예측했다.

최강철은 정부와 부도 직전의 은행들을 살리기 위해 맡겨둔 돈을 차근차근 인출했다. 그리고 코스피에 있는 블루칩들을 쓸어 담았다.

그리고 SK텔레콤, 포철, 네이버, 현대차, 롯데제과 등 이름만 대면 누구나 알 수 있는 주식의 지분을 확보해 나갔다.

현재 코스닥의 열풍에 밀려 외환위기에서 벗어나고 있음에도 코스피의 주가 상승은 미비했기 때문에 싼 가격으로 주식들을 쓸어 담을 수 있었다.

주식만 산 것이 아니다.

강남의 고층 빌딩과 호텔, 서울 근교의 땅까지 닥치는 대로 사들였다.

코스닥은 예상대로 어마어마한 폭등세를 나타내며 전 국민을 열풍 속으로 몰아넣었다.

끝없는 상한가의 행진.

웬만한 벤처기업은 코스닥에 상장하는 순간 기본 상한가가 10방이었다.

전문가들은 그것이 거품이란 것을 알지만 오히려 장밋빛 청사진을 끝없이 제시하며 국민들의 투기를 부추겼다.

이미 마이다스 CKC가 투자한 자금은 원금의 30배가 넘는 6조를 넘어서고 있었다.

어이없는 일이지만 최강철이 제시한 데드라인, 10월까지 기다린다면 얼마까지 늘어날지 알 수 없을 정도로 폭발적인 증가였다.

신규성이 피닉스전자의 주식을 무자비하게 쓸어 담기 시작한 것은 삼성물산이 갖고 있던 4%의 지분이 시장에 흘러나왔을 때다.

삼성의 총수는 현금 확보를 위해 삼성그룹이 가지고 있던 마지막 물량, 삼성물산의 보유 주식을 전부 쏟아냈다. 마이다스 CKC의 매집으로 인해 주가가 10만 원에 육박할 정도로 올랐기 때문이다.

총수가 보유한 주식을 처분할 때보다 무려 3배가 오른 가격이었고, 은행의 압박에 의해 삼성물산의 추가 융자가 어려워지며 내린 결단이었다.

한꺼번에 많은 물량이 쏟아져 나오자 주가가 요동쳤다.

언제나 그렇듯 물산의 물량이 움직인다는 걸 안 증권사들이 먼저 던졌고, 그 뒤를 개미들이 따랐다.

결정적인 것은 외국의 투자 자본들이 차익을 확보하기 위해 매도에 가담했다는 것이다.

신규성은 그 타이밍에 맞춰 무려 11%에 달하는 물량을 더 확보해서 65%를 달성했다.

하지만 최강철은 거기에서 만족하지 않고 남아 있는 주식들까지 확보하길 원했다.

이제 미국과 유럽의 화이트 섀도 물량을 빼면 남은 건 불과 20%의 개인 물량뿐이었다.

방법은 하나.

화이트 섀도와 단판을 지어 그들이 소유한 15%의 물량을

인수하는 방법뿐이다. ·

물론 시중가보다 훨씬 큰 금액을 요구하겠지만, 최강철은 무조건 인수하라고 지시를 내렸다. 그래서 신규성은 미국과 유럽을 쫓아다니느라 발바닥에 땀이 날 정도였다.

그들의 물량만 해결한다면 나머지를 해결하는 건 일도 아니었다.

개인들의 물량은 한 달 정도면 충분히 해결이 가능하다.

밀고 당기는 순간 개미들은 절대 버틸 수 없기 때문이다.

     *   *   *

그해 10월.

최강철은 뉴욕 MGM 호텔 특설 링에서 랭킹 8위 도널드 해리를 2라운드만에 쓰러뜨렸다.

정확하게 40전을 채웠고 전부 KO승의 무시무시한 기록을 이어나갔다.

전 세계의 언론이 다시 들썩거렸다.

압도적인 경기력.

이젠 그 누구도 최강철의 승리를 의심치 않았다.

그의 불꽃같은 인파이팅을 견딜 수 있는 선수는 전무하다는 것이 전문가들의 평가였다.

하지만 최강철은 경기 후 인터뷰에서 또다시 폭탄선언을 터뜨렸다.

"저는 이번 경기를 끝으로 챔피언 타이틀을 반납하고자 합니다. 저의 마지막 경기를 홀리오 챠베스 선수와 하기 위함입니다. 챠베스 선수가 체급을 올리기 거부하고 있으니 제가 내려가서 싸우겠습니다."

"허리케인, 마지막 경기라니, 그게 무슨 말씀입니까?"

"말 그대로 챠베스 선수와의 경기를 끝내고 은퇴할 생각입니다. 제 나이가 벌써 36살이니 이제 은퇴할 때가 되었습니다."

"안 됩니다. 그건… 허리케인, 재고해 주십시오. 당신을 사랑하는 전 세계의 복싱 팬을 위해서도 그것만은……."

"이미 제 결심은 굳어진 상태입니다. 복싱 팬께는 죄송하지만, 저는 이제 마지막 경기를 끝으로 평온한 삶을 살아갈 생각입니다."

"허리케인은 이미 살아 있는 전설입니다. 굳이 불리함을 감수하면서 챠베스 선수와 싸울 필요가 있겠습니까? 나이 때문에 은퇴할 생각이라면 여기에서 멈춰도 됩니다. 당신은 명예롭게 은퇴할 자격이 충분합니다."

링 아나운서가 할 수 없는 말임에도 그의 입에서 튀어나온 내용이다.

그는 너무 놀라 자신이 무슨 이야기를 하는지 미처 생각지도 못한 모양이다.

고마웠다. 그만큼 자신을 사랑하고 있다는 것이다.

하지만 최강철은 그의 말에 그저 빙그레 미소만 지었을 뿐이다.

"알고 있습니다. 그러나 저는 전사입니다. 전사는 패배가 두려워 부끄러운 짓을 하지 않습니다. 그렇기에 챠베스 선수와 싸우려는 겁니다. 제2차세계대전의 승부는 끝장을 봐야 하지 않겠습니까."

*　　　*　　　*

대한민국이 발칵 뒤집혔다.

외환위기에서 빠르게 벗어나며 자신감에 차 있던 국민들은 최강철의 폭탄선언에 망연자실한 표정을 숨기지 못했다.

영웅의 은퇴.

전혀 상상하지 못한 일이었기에 충격은 상상하지 못할 만큼 컸다.

더군다나 마지막 경기를 챠베스와 하기 위해 챔피언 타이틀을 반납하겠다는 그의 말을 듣는 순간 텔레비전을 지켜보던 국민들은 비명을 흘러냈다.

안 돼!

나이 때문에 명예로운 은퇴를 하고 싶다면 그냥 떠나도 된다.

최강철은 지금까지 로열로더의 길을 걸으며 수많은 도전과 투지를 보여줬고, 세계 최고의 반열에 오른 사나이였다.

굳이 아래 체급인 챠베스와 불리함을 감수하면서 싸울 이유가 없었다.

그랬기에 국민들은 벌 떼처럼 들고 일어섰다.

영웅의 몰락은 절대 보고 싶지 않았다.

자신의 가슴속을 가득 채운 영웅, 그의 자랑스러운 모습을 영원히 기억하며 추억으로 남겨야 한다는 열망과 의무감이 그들을 그렇게 만들었다.

언론 역시 가만있지 않았다.

최강철은 오롯이 혼자의 몸이 아니라 대한민국의 자랑이자 국민의 영웅이었으니 이런 결정을 쉽게 인정하지 않았다.

'차라리 명예로운 은퇴를, 국민들에게 고통을 주지 않길!'

'당신의 결정을 받아들이지 않는다. 당신은 우리의 영웅이므로!'

'부끄러워해야 하는 건 챠베스이지, 허리케인 당신이 아니야. 당신은 이미 최강의 복서니까!'

국내는 물론이고 전 세계 언론이 발칵 뒤집혔다.

심지어 최강철의 존재를 질시하던 일본 언론까지 이번 사태에 대해 옳지 않다는 의견을 제시할 정도였다.

특종이 돌고 돌았다.

이런 결정을 하게 된 배경엔 체급을 올리지 않겠다는 챠베스의 고집과 최강철의 아내가 임신했다는 사실 때문이라는 게 중론이었다.

                    *   *   *

김영호와 류광일은 점심시간에 마주 앉았지만, 숟가락질이 굼벵이처럼 느리다.

밥맛도 없고 살맛도 나지 않는다.

외환위기를 맞아 부도 위기까지 맞은 대일물산은 전 직원이 피땀 흘려 노력한 끝에 흑자로 전환되었고, 향후의 수출 전망도 밝았다.

정말 열심히 일했다.

입사한 후 이렇게 열심히 일한 적이 없을 정도로 그들은 밤낮을 가리지 않고 회사를 살리기 위해 노력했다.

그건 그들만이 아니라 전 직원이 마찬가지였다.

회사의 위기가 자신의 위기라는 공동의식 속에서 직원들은 서로를 도와가며 한 몸이 되어 위기를 헤쳐 나갔다.

그 과정이 너무나 보람차고 행복했다.

어려움 속에서 동료들과 힘을 합쳐 위기를 헤쳐 나가는 과정은 힘들었지만, 그들의 얼굴에서 웃음을 되찾게 만들어주었다.

하지만 그런 웃음은 어제 벌어진 최강철의 경기로 인해 단박에 사라지고 말았다.

아니지. 경기가 아니라 인터뷰로 인해 벌어진 일이다.

대한민국의 영웅이자 그들의 희망인 최강철.

그런 그가 직접 은퇴하겠다는 선언을 해버리자 그들은 한동안 충격으로 인해 움직이지 못했다.

"광일아, 국이라도 마셔라. 아침도 안 먹었다며?"

"밥맛이 안 나. 그냥 그만 먹으련다."

"그러다 탈 나."

"어휴……."

걱정하는 김영호를 잠시 바라본 류광일의 입에서 억눌린 한숨이 흘러나왔다.

그는 세상을 다 잃은 표정이었다.

"너무 그러지 마라. 강철이도 나이가 벌써 36살이야. 복싱 선수로는 할아범이다. 따져봤더니 강철이가 복싱을 시작한 게 꼭 20년이나 되었더라."

"알아. 그래도 강철이 경기를 더 이상 못 본다고 생각하니

잠이 안 와. 이제 무슨 낙으로 살지 정말 걱정이다."

"왜 못 봐. 마지막 경기가 남았잖아."

"그걸 말이라고 해? 너 좀 이상하다. 어제는 팔팔 뛰더니 그 새 생각이 바뀐 거야?"

"가만히 생각해 보니 강철이 말이 일리가 있더라고. 놈은 복싱으로 모든 걸 이룬 놈이야. 그런데 막상 은퇴를 하려니까 찜찜했던 거지. 마지막 남은 챠베스가 눈에 걸려서 발이 떨어지지 않았을 거야."

"씨발! 그래도 안 돼! 차라리 그냥 은퇴해야 된다! 명예롭게! 자랑스럽게!"

"그냥 싸우면 이길 수 있을 텐데……."

"우리가 권투경기 한두 번 보냐. 너도 알다시피 챠베스 그 새끼는 슈퍼라이트급에서 무적이야. 14차 방어전을 하면서 12번이나 KO로 이겼다. 아니지, 문제는 그런 게 아니야. 그놈이 아무리 뛰어나도 똑같은 조건이면 강철이를 이길 수 없어. 하지만 한쪽 팔을 묶어야 되잖아. 그런 경기를 왜 해. 할 이유도 없고 해서도 안 돼. 쪽팔린 건 챠베스지, 강철이가 아니라고."

"본인이 원하는데 어쩌겠냐. 벌써 해외 언론에서는 서서히 그걸 기정사실화하고 있는 모양이야. 우리나라만 안 된다고 방방 뛰는 거지."

"이런 씨발, 좆도!"

*　　　*　　　*

최강철은 돈 킹의 마지막 협상 카드를 듣고 고개를 끄덕였다.

챠베스는 슈퍼라이트급에서 싸운다면 언제든지 붙겠다며 공언했기 때문에 시합을 거부할 이유가 없었다.

돈 킹에게는 오래전부터 자신의 계획을 말했기 때문에 또다시 설득할 필요가 없었다.

그럼에도 돈 킹의 얼굴은 어두웠다.

돈도 돈이지만 더 이상 최강철의 경기를 볼 수 없다는 안타까움이 더 컸다.

그는 최강철의 경기를 프로모션하면서 밥 애런에게 뺏긴 넘버원 자리를 이미 오래전에 되찾은 상태였다.

최강철의 경기를 프로모션하는 과정은 너무나 즐거운 일이었다.

세계 최고의 명성과 인기를 지닌 최강철은 그에게 커다란 자부심과 영광을 함께 주었기에 자신이 원하는 대로 마음껏 협상 테이블을 요리할 수 있었다.

시합일이 정해진 것은 협상이 시작된 지 불과 한 달 만이었다.

2000년 5월 마지막 주 토요일.

앞으로 6달 후에 최강철의 마지막 경기가 벌어지는 것이다.

"이봐, 허리케인. 자네, 아이도 곧 출산한다면서 이렇게 빨리 시합을 잡는 이유가 뭔가?"

"사정이 있습니다."

"무슨 사정?"

"죄송하지만 그건 말씀드릴 수 없네요."

"감량하는 데 고생이 많을 거야. 6달 정도로 가능할지 모르겠어."

"충분합니다."

"지금이라도 다시 생각해 보게. 나는 정말… 자네의 명예로운 퇴진을 원하네."

"하하, 챠베스와 제가 싸우면 엄청난 거액을 손에 쥘 수 있을 텐데, 그 말 진심이십니까?"

"이 사람아, 그까짓 돈 필요 없어. 지금 내 마음이 얼마나 아픈지 자네는 모를 거야. 벌써 자네와 함께한 시간이 17년이나 되었네. 그런데 나에게 그런 소리를 하다니 자넨 정말 못된 친구야."

"농담입니다. 화 푸세요."

"알아, 허리케인. 이왕 결정되었으니 더 이상 만류할 생각은 없네. 대신 반드시 이겨주게. 나는 자네가 복싱 역사 불멸의 선수로 기록되기를 진심으로 바란다네."

"그렇게 될 겁니다."

최강철은 서지영의 출산이 다가오자 집에서 꼼짝도 하지 않고 그녀와 시간을 보내다가 의사가 입원하라는 시기에 맞춰 병원으로 향했다.

장모님은 오래전부터 그녀의 곁에서 수발을 들고 있었는데, 곧 손자가 나온다는 사실에 안절부절못했다.

최강철은 병실에 누워 있는 그녀의 손을 붙잡고 움직이지 않았다.

산통 주기가 계속 짧아지고 있었기 때문에 금방이라도 아이가 나올 것만 같았다.

통증이 올 때마다 그녀의 얼굴이 찡그려졌다.

그럼에도 예쁘다.

서지영은 통증이 사라지면 최강철을 향해 예쁜 미소를 지으며 걱정하지 말라고 버릇처럼 중얼거렸다.

그녀가 보기엔 자신보다 최강철의 얼굴이 더 긴장된 것처럼 보인 모양이다.

이윽고 상태를 체크하던 의사가 그녀를 데리고 분만실로

향했다.

벌떡 일어나 따라갔다.

이미 장모님은 호흡을 제대로 하지 못할 정도로 초긴장 상태에 빠져 있었다.

최강철은 속마음과 달리 침착한 표정으로 분만실의 문이 열리길 기다렸다.

서지영의 나이가 꽤 있기 때문에 분만이 쉽지 않을 거란 의사의 말이 자꾸 떠올라 초조함이 쉽게 가라앉지 않았다.

얼마나 시간이 지났을까.

드디어 분만실에서 아이의 울음소리가 우렁차게 새어 나오는 걸 들으며 최강철은 양손을 꽉 부여잡았다.

"득남을 축하합니다."

"감사합니다."

담당 의사가 분만실에서 나와 웃는 얼굴로 축하를 해주자, 초조함에 빠져 있던 최강철은 급하게 문을 열고 들어갔다.

그는 아이보다 서지영의 상태를 먼저 살핀 뒤, 그녀에게 다가가 손을 붙잡았다.

"지영 씨, 수고했어. 그리고 고마워."

"우리 아기… 봤어요?"

"아직. 이제 볼게."

"얼른 봐요. 당신 닮아서 너무 잘생겼어요."

그녀의 성화에 천천히 일어나 간호원의 손에 들려 있는 아이에게 향했다.

이제 갓 태어난 놈이 잘생겼을 리 없다.

그럼에도 최강철은 아기를 물끄러미 바라보며 한동안 움직이지 않은 채 아기의 모습을 머릿속에 각인시켰다.

아기야, 나에게 와줘서 고맙구나.

*   *   *

박종용은 구닥다리 코란도를 몰고 고속도로를 달렸다.

라디오에서는 대한민국이 IMF 지원 자금을 모두 상환했다는 소식과 이틀 전에 입국한 최강철의 경기 일정이 잡혔다는 뉴스가 번갈아 가며 나오고 있었다.

불과 2년 만의 외환위기 탈출.

세계 유수 언론들이 예측한 것처럼 대한민국은 초스피드로 국가의 경제위기에서 빠져나오며 세계를 경악시켰다.

더 재밌는 것은 대한민국의 체질이 외환위기로 인해 단단하게 변화되었다는 것이다.

한국 경제는 피닉스그룹을 중심으로 무섭게 움직이고 있었는데, IMF에서 요구한 기업들의 혹독한 구조 조정 요구도 기업을 변화시키는 긍정적 요인으로 작용했다는 분석이 나왔다.

중소기업의 품질부장인 박종용은 지금 현장으로 달려가는
중이다.

건설 중인 콘크리트의 품질을 체크해서 이상 유무를 확인
하겠다는 발주처 감독의 오더가 내려왔기 때문이다.

상관없었다.

워낙 철저하게 품질관리를 해왔기 때문에 꼼꼼한 감독이
직접 와서 테스트를 한다 해도 꼬투리 잡힐 일은 없었다.

콧노래가 절로 나왔다.

회사는 외환위기 속에서도 꿋꿋이 버텨냈고, 오히려 한 단
계 더 성장하면서 매출액을 배 이상 끌어 올렸다. 그래서 오
늘 기본급의 100%나 되는 보너스가 나온다.

이제 현장에서의 일만 끝나면 일찍 집으로 들어가 오랜만
에 가족과 외식을 할 예정이다.

전화를 받은 마누라의 목소리가 붕붕 날아다니는 게 느
껴졌고, 옆에서 고기를 먹자고 떠드는 딸들의 음성도 들렸
다.

확장된 경부고속도로는 차량의 흐름에 여유가 있어 쾌적한
상태였다.

차량 간격은 널찍했고 속도는 100㎞/h가 훌쩍 넘고 있

었다.

문제가 생긴 것은 기흥휴게소를 통과할 때였다.

앞에서 달리던 승용차가 비틀거리더니 중앙분리대를 들이박고 다시 차선으로 들어오는 게 보였다.

"저 사람 뭐야? 졸고 있는 거야?"

너무 놀라 클랙슨을 두들겼다.

그대로 두면 큰 사고가 날 게 분명했다.

하지만 아무리 클랙슨을 두들겨도 승용차는 계속해서 중앙분리대를 들이박았다가 들어오기를 반복했다.

순간적으로 졸음운전이 아니라는 판단이 들었다.

그랬기에 그는 옆 차로로 이동해서 과감하게 승용차를 추월하며 운전석을 바라보았다.

고개가 꺾였다.

운전자는 50대 남자였는데 이미 고개가 꺾인 것이 정신을 잃은 것 같았다.

고민할 새가 없었다.

고속도로를 100km/h 이상 달리는 차들이 상황을 인지하지 못하고 계속 추월하고 있었기 때문에 승용차를 그대로 두면 대형사고가 날 게 분명했다.

그대로 승용차를 추월해서 앞을 가로막았다.

콰앙!

박히는 순간 브레이크를 풀었으나 정신이 멍해지는 충격이 몰려왔다.

그럼에도 그는 브레이크를 풀었다가 밟기를 반복하며 코란 도로 승용차를 가로막고 점차 속도를 줄여 나갔다.

완벽하게 승용차가 정지하는 순간 박종용은 급하게 차에서 뛰어내려 달렸다.

자칫 잘못하면 죽는다. 승용차 운전자도, 자신도.

미친 듯 달려 승용차에 도착한 그는 문이 잠겨 있는 걸 확인하곤 곧바로 들고 온 망치로 창문을 깨뜨렸다.

의식을 잃은 운전자를 깨울 새가 없었다.

그를 뒤로 젖혀 액셀러레이터에서 발을 떼어낸 후 시동을 껐다. 그리고 차량의 뒤로 뛰어가 차에서 가져온 비상 삼각대를 세웠다.

싸늘한 바람에도 땀이 비 오듯이 흘러내리고 있었다.

하지만 힘든 것을 느낄 새가 없다.

뒤에서 무서운 속도로 달려오는 차량이 조금만 주의를 게을리한다면 자신들의 목숨은 한순간에 저승으로 끌려가게 될 것이다.

승용차 운전자는 한참을 흔들어도 정신을 차리지 못하다가 겨우 눈을 떴는데 목소리가 떠 있었다.

"119에 전화를… 부탁… 합니다."

"전화는 이미 했어요. 일단 나가셔야 합니다."

차 문을 열고 운전자를 부축해서 자신의 코란도로 향한 후 부랴부랴 갓길로 빠져나왔다.

그러고는 그대로 널브러졌다.

*　　　　*　　　　*

119에 운전자를 넘겨주고 집으로 돌아온 박종용은 차량의 수리를 맡기고 가족들과 외식을 하면서 오늘 있었던 일들을 자랑스럽게 이야기했다.

딸들은 돼지갈비를 먹느라 정신없었지만, 그 이야기를 들은 마누라는 젓가락을 내려놓으며 눈을 부라렸다. 아마 꽤 충격을 받은 것 같았다.

"당신, 미쳤어!"

"왜 그래?"

"그러다가 죽으면 어쩌려고 그런 짓을 해? 당신 눈에는 나하고 애들이 안 보여?"

"그럼 어떡해. 그냥 내버려 두면 엄청난 사고가 터질 게 분명한데……."

"지금 다른 사람 생각할 때야? 그러다 당신 죽으면 그 사람들이 고마워할 것 같아? 괜한 일에 참견해서 개죽음했다고 웃기나 하지. 생각 좀 하고 살아, 이 원수야!"

말하다가 열이 받은 모양이다.

충분히 이해가 간다.

결혼한 지 18년 만에 장만한 25평 아파트의 대출금이 아직 3천만 원이나 남았는데, 자신이 잘못된다면 가족은 고통스러운 삶을 면하지 못할 것이다.

그녀는 이제 몸까지 돌린 채 박종용을 노려보며 화를 내기 시작했는데 생각할수록 아찔한 모양이다.

'휴우, 괜히 말했다.'

결혼 후 지금까지 자신만을 믿고 살아온 마누라에게 잘못하면 죽을 뻔했다는 말을 하다니, 제정신이 아닌 모양이다.

그럼에도 그는 바보처럼 웃으며 마누라를 달랬다.

"내가 얼마나 현명한 사람인데 죽을 짓을 하겠어. 이것저것 다 따져보고 들어갔지. 뻥 좀 친 거 가지고 뭘 그래? 아무것도 아니었으니까 신경 쓰지 마."

"하여간 다음부터는 절대 그런 짓 하지 마! 당신 죽으면 우린 전부 같이 죽는다는 거 잊지 말라고!"

"알았어."

마누라가 본격적으로 화를 내기 시작한 것은 9시 뉴스에서 그의 영상이 나왔기 때문이다.

고속도로에 설치된 CCTV를 통해 그가 의식을 잃은 운전자를 구하는 장면이 그대로 방송되었는데 앵커는 그를 의인으로 추켜세우며 연신 이런 행동을 본받아야 된다고 떠들어댔다.

볼수록 위험한 장면.

화면을 본 마누라는 박종용을 향해 눈물까지 글썽이며 화를 냈는데, 목이 멜 정도였다.

그녀의 눈으로 봤을 때 박종용의 행동은 죽으려고 환장한 사람처럼 보였다.

그녀를 달래느라 생고생을 했다.

괜한 만용을 부려 마누라를 걱정시켰다는 생각이 들었지만, 그는 머리를 흔들면서 변명하느라 애를 썼다.

전화벨이 무섭게 울리기 시작한 것은 뉴스가 끝나고 얼마 지나지 않아서였다.

—박종용 선생님이시죠? 저는 문화일보의 정찬우 기자입니다. 지금 집 앞에 와 있는데 잠시 인터뷰 좀 할 수 있을까요?

*　　　　*　　　　*

참 귀찮아 죽겠다.

한 이야기를 몇 번이나 했는지 모르겠다.

별것 아닌 일에 신문기자들이 시도 때도 없이 쫓아와 인터뷰를 요청했기 때문에 자연스럽게 회사까지 알게 되었다.

"박 부장, 자네 도대체 어쩌려고 그런 거야? 무슨 영웅놀이를 그렇게 심하게 해?"

"어쩌다가 그렇게 된 겁니다."

"네가 만약 잘못됐어 봐라. 가족들과 회사를 생각해서라도 조심해야지. 나이가 오십을 바라보는 사람이 그게 뭔 짓이야? 안 그래?"

"예, 사장님."

할 말은 많았지만 그저 고개를 끄덕이고 말았다.

언론에 한 번 이름이 나온 이후로 수많은 사람의 잔소리를 들었다. 가족과 친지들은 물론이고 친구들과 회사의 상사들까지 잘했다는 소리를 하는 사람이 한 명도 없었다.

자신은 남을 구하기 위해 최선을 다했지만, 돌아온 것은 언론에 난 몇 줄의 기사와 지인들의 잔소리뿐이었다.

쓴웃음을 짓고 고개를 흔들며 일상으로 돌아왔다.

그래, 그런 거지. 이번 일은 인생을 살면서 스쳐 지나가는 작은 소란에 불과한 것으로 생각했다.

그래도 어디야. 신문에 얼굴까지 나왔으니 이만하면 충분히 만족할 일 아닌가.

하지만 똑같은 상황이 발생한다면 다시는 같은 일을 반복하지는 않을 것 같았다.

이득을 바라고 한 일은 아니었으나, 남들의 황당해하는 시선과 가족들이 원망하는 소리가 귀에 생생했기 때문이다.

어이없는 일이 발생한 것은 회사에 복귀한 후 정신없이 현장을 돌아다니며 일을 하고 있을 때였다.

삐리리링, 삐리리링!

계속 울어대는 전화벨 소리에 박종용은 인상을 북북 긁으며 주머니에서 전화기를 꺼내 들었다.

마침 콘크리트 압축 강도를 시험하기 위해 몰드를 시험대 위에 올려놓는 중이었고, 장갑을 껴 행동이 불편했기 때문이다.

모르는 전화번호다.

"여보세요?"

―박종용 씨인가요?

"그렇습니다만, 어디시죠?"

―여기는 피닉스전자 경영전략실입니다. 곧 우리 회사 홍보실에서 박 선생님을 찾아갈 겁니다.

"왜요?"

―선생님께서 저희 회사의 '올해의 의인상'에 선정되었기 때문입니다.

"또 그 소립니까? 뭘 바라고 한 거 아니니까 저 좀 내버려 두세요. 귀찮아서 일을 할 수 없단 말입니다."

─하하, 그리 크게 귀찮게 해드리지 않을 겁니다. 시상식에 만 참여해 주시면 되거든요.

*　　　　*　　　　*

반드시 부부 동반을 해서 와달라는 홍보실장이란 사람의 말을 듣고 얼떨결에 고개를 끄덕이고 말았다.

소정의 상금과 상품을 준다고 했기에 고개를 끄덕였지만, 막상 시상 당일이 되자 꺼려지는 것은 어쩔 수 없었다.

이미 한참이나 지난 일이고 남에게 칭찬을 받고자 한 일이 아니었으니 사람들이 모인 곳에서 상을 받는다는 게 부끄러 웠다.

하지만 이미 피닉스전자 쪽에서는 사람들이 나와 고급 승 용차를 대놓고 그를 기다리는 중이다.

한숨을 길게 내쉰 후 오랜만에 화장을 한 마누라와 함께 승용차에 올라탔다.

가는 동안 최고급 승용차의 내부를 구경하며 이것저것 만 져대는 마누라의 행동을 감시하느라 상을 받으러 간다는 사 실조차 까먹었다.

그의 입이 떡 벌어진 것은 목적지에 도착했을 때였다.

수없이 몰려든 기자, 그리고 검은 양복을 입은 피닉스전자의 경영진과 직원들의 행렬.

승용차가 도착하자 홍보실장을 비롯하여 국내 최대 기업인 피닉스전자의 사장이 직접 마중을 나와 있었다.

'하아, 이게 뭔 일인지 모르겠다.'

얼떨결에 악수를 하고 그들의 손에 이끌려 시상식장으로 들어서자 거의 1,000명에 달하는 피닉스전자의 직원들이 전부 일어나 뜨겁게 박수를 치고 있었다.

눈을 돌려 살펴보다 KBS를 비롯하여 3대 방송국의 카메라가 와 있다는 것을 알게 되었다. 그러자 몸이 부르르 떨리기 시작했다.

이건 그냥 상을 주는 게 아니라 전쟁에서 돌아온 영웅을 맞이하는 것으로 여겨질 정도였다.

그러나 그를 가장 놀라게 만든 건 이틀 전에 입국했다는 최강철이 웃는 얼굴로 자신에게 손을 내밀었다는 것이다.

"박 선생님, 선생님을 뵙게 되어 정말 영광입니다. 선생님께서 다른 사람을 위해 목숨을 걸고 나선 용기는 모든 이에게 귀감이 될 것입니다."

"아이고, 별말씀을……."

"사모님, 이렇게 훌륭한 분과 함께하시니 얼마나 기쁘시겠습니까. 부군께서는 대한민국에서 가장 아름다운 용기를 지니신 분입니다. 이게 다 옆에서 내조해 주신 사모님의 덕이라고 생각합니다."

"그게……."

마누라는 아예 제대로 말을 하지 못했다.

최강철을 보는 순간 마누라는 망부석처럼 굳어 움직이지 못했는데 말을 붙여오자 벙어리처럼 버벅거렸다.

*　　　　*　　　　*

피닉스전자의 '의인상'은 전 국민에게 화제가 되어 퍼져 나갔다.

시상식은 3대 방송사와 언론 대부분이 참여해서 보도했기 때문에 피닉스전자의 '의인상' 수상식은 순식간에 국민들에게 알려졌다.

피닉스전자의 홍보실이 작정하고 언론들을 불러 모았기 때문에 발생한 일이었다.

국민들이 놀란 것은 '의인상'으로 선정된 사람에게 준 상금이 무려 3억이었다는 것이다.

3억이면 강남에 새로 지은 아파트를 살 수 있는 금액이다.

더불어 망가진 차를 대신해서 최신 SUV와 부부가 함께할 수 있는 유럽 여행권이 부상으로 주어졌다.

정말 어마어마한 금액과 부상이었다.

하지만 혜택이 주어진 건 그것뿐만이 아니었다.

박종용의 자녀가 성장해서 피닉스전자에 입사하고 싶어 한다면 무조건 취직을 보장한다는 조건이 달려 있었다.

피닉스전자는 대한민국 젊은이라면 누구나 입사를 원하는 최고의 직장이었으니 이건 상금이나 부상과 비교할 일이 아니었다.

남을 위해 목숨을 건 영웅에게는 그런 자격이 충분하다는 게 피닉스전자 측의 설명이었다.

더군다나 시상식에 나선 사람은 피닉스전자의 사장이 아니라 국민 영웅 최강철이었다.

최강철은 시상식에서 이런 말을 남겼다.

"의인이란 정의로운 마음으로 남을 돕는 사람을 말합니다. 생각은 쉽지만 실천하기는 너무나 어려운 일이지요. 그래서 박종용 선생님의 희생정신이 빛나는 것입니다. 자신의 목숨을 던져 남을 구하는 희생정신, 이 정신이 사회에 가득 찼을 때 대한민국은 세계 최고의 국가로 거듭날 거라 생각합니다."

피닉스전자를 필두로 대한민국을 장악하고 있는 피닉스그

룹 24개의 계열사가 '의인상'을 선정하기 시작했다.

매달 2개의 계열사가 의인상을 선정했는데, 사회 전 분야에서 타인을 위해 희생을 두려워하지 않고 뛰어든 사람들을 위로했다.

상금과 부상 내역은 피닉스전자가 한 것과 똑같았다.

대한민국 전체가 피닉스그룹의 행동으로 인해 들끓었다.

남을 돕는 것이 결코 헛된 게 아니라는 생각을 국민들이 갖기 시작한 것이다.

거기에 기름을 부은 것은 정부였다.

정부 역시 '정의로운 인물상'을 만들어 전폭적인 지지를 아끼지 않았고, 언론과 발을 맞춰 타인에 대한 배려와 사랑이란 주제로 전국적인 캠페인을 벌여 나갔다.

최강철의 뜻은 피닉스그룹 전체로 이어졌고, 곧 정부와 언론이 동참하는 계기가 되었다.

인위적인 사회 개편은 바람직하지 않다.

하지만 그것이 건전하고 행복한 사회를 만드는 것이라면 못할 이유가 무엇이란 말인가.

*   *   *

밀레니엄.

한 세기가 바뀌는 터닝 포인트.

21세기에 들어서는 2000년 새해를 맞으며 사람들은 영광된 미래를 꿈꾸었다. 하지만 누군가에게는 지옥이 준비되어 있었다.

바로 벤처 버블이 무너지며 수많은 사람을 통곡 속으로 이끌었기 때문이다.

무시무시하게 치솟던 코스닥의 열풍은 새해를 맞으며 고꾸라지기 시작했는데 그 바닥을 알지 못할 정도로 급락을 거듭했다.

상장하는 대로 끝없이 상한가 행진을 반복하던 벤처기업들은 새해에 들면서 차가운 이성의 잣대에 칼질을 당했는데, 연일 하한가의 지옥 속에 빠져든 것이다.

신규성은 그 모습을 보면서 길게 한숨을 내쉬었다.

개미들은 물론이고 웬만한 증권사와 외인 투자자들까지 대부분 물렸을 정도였으니 이번 폭탄 돌리기의 여파가 얼마나 컸는지 알 만하다.

최강철의 지시로 작년 10월부터 주식을 팔기 시작한 마이다스 CKC는 새해를 눈앞에 둔 12월 중순까지 모든 주식을 매도했다.

확보된 현금은 정확하게 9조였는데 무려 45배에 달하는 이익을 본 것이다.

쉴 틈이 없었다.

신규성은 코스닥에서 얻은 이익을 가지고 피닉스그룹에 대대적인 투자를 감행하기 시작했다.

바로 최강철이 제시한 미래 프로젝트를 본격적으로 가동하기 위함이었다.

*   *   *

최강철이 대한정의당의 정우석 대표를 만난 것은 미국으로 출발하기 이 주일 전이었다.

혹독한 음식 조절과 체력 훈련으로 최강철의 몸은 눈으로 확인될 만큼 마른 상태였다.

"아이고, 회장님. 어서 오십시오."

"대표님, 오랜만에 뵙습니다."

"갑자기 전화를 주셔서 깜짝 놀랐습니다. 요즘 회장님 때문에 사회가 많이 변해가고 있습니다. 정말 대단한 일을 하셨습니다."

"별말씀을……."

정우석의 칭찬에 최강철이 계면쩍은 표정을 지었다.

최강철의 진정한 신분을 알고 있는 몇 안 되는 사람 중의 하나가 바로 정우석 대표였기에, 그는 지금 벌어지고 있는 사회정의구현운동이 최강철의 작품이란 걸 너무나 잘 알고 있었다.

그랬기에 대한정의당은 당 차원에서 정부와 협조하며 적극적으로 정풍운동을 도왔다.

"얼굴이 많이 상하셨습니다. 훈련이 고된 모양이군요."

"아무래도 체중조절을 하다 보니 몸에 무리가 조금 가는 것 같습니다."

"언론에서 걱정이 많습니다. 저 역시 그렇고요."

"처음에는 힘들었지만 점점 좋아지고 있습니다. 너무 염려하지 마십시오."

"그렇다면 다행이고요. 그런데 오늘은 어쩐 일로……."

궁금해서 견딜 수 없었다.

오랜만에 만났으니 서로 간의 안부를 묻고 이것저것 주변 이야기도 나눠가며 빙빙 돌려야 정상이겠지만, 정우석은 더이상 변죽을 울리며 시간을 끌고 싶지 않았다.

최강철이란 특수성.

그는 현재 자신이 알고 있는 사람 중에서 가장 강력한 영향력을 지닌 인물이었고, 자신과 대한정의당에게는 구세주와 같은 사람이었다.

"대표님, 제가 오늘 대표님을 찾아뵌 것은 은퇴를 결정한 이유를 말씀드리기 위해섭니다."

"그렇지 않아도 너무나 궁금했습니다. 회장님, 말씀해 주시죠. 그 이유가 무엇입니까?"

"저는 내년 총선에 나설 생각입니다."

"그게… 정말입니까?"

"그렇습니다."

최강철의 대답에 정우석의 입이 함지박만 하게 벌어졌다.

그렇지 않아도 정우석은 금년 6월에 벌어지는 총선에 대비해서 전략을 수립하느라 골머리를 앓고 있었다.

이런 마당에 최강철이 본격적으로 가세한다면 천군만마를 얻는 것과 다름없었다.

반대?

그런 건 생각해 본 적이 없다.

당에 대한 자신의 영향력 같은 건 어차피 헛된 망상에 불과했고, 욕심조차 버린 지 오래였으니 순수한 마음으로 기뻐했다.

지금까지 자신이 대표로 활동한 것은 주인이 잠시 비운 집을 지킨 것이나 다름없었다.

"생각해 놓은 곳이 있습니까?"

"예."

"어디지요?"

"종로에 나가고 싶습니다."

"헉!"

단호한 최강철의 대답에 정우석 대표의 입이 벌어졌다.

종로는 대한민국 정치 1번지로 불리는 곳이었는데 제1야당의 최고 실세이자 4선인 민강호의 근거지였기 때문이다.

잠시 침묵이 흘렀다.

그의 침묵은 그리 단순하지 않았다.

머릿속에서 순식간에 수많은 상황과 조건이 생성되었다가 사라지며 최강철이 종로에 나섰을 때의 결과를 분석했다.

쉽지 않았다.

최강철이 국민 영웅으로 엄청난 지지를 받고 있다는 건 알지만, 무려 20년 가까이 종로를 다져온 민강호와 단판 승부를 벌이면 어찌 될지 알 수 없었다.

그의 입이 다시 열린 건 한참이 지난 후였다.

"회장님, 꼭 종로로 하셔야 되는 이유가 있는 건가요?"

"이왕 정치를 시작하려고 마음먹은 이상 당당하게 나서고 싶습니다."

"걱정이 돼서 그렇지요. 회장님이 나서면 이길 건 분명합니다. 하지만 변수가 너무 많고 상대가 너무 강합니다. 정치라는 세계는 정말 알다가도 모르거든요. 정치라는 괴물은 상대를 가리지 않고 잡아먹습니다. 더군다나 회장님께서는 선거 전까지 미국에 계셔야 하잖습니까. 그 지역 주민들은 보수성향이 강하고 민강호에 대한 충성도와 결집력이 뛰어납니다. 그러니 회장님, 다른 곳을 고르시는 게 어떻습니까?"

"아닙니다. 떨어져도 괜찮습니다. 종로는 제가 심사숙고해서 고른 곳입니다. 제가 그곳을 고른 것은 국민들이 가진 저에 대한 생각을 정확하게 알고 싶기 때문입니다. 대표님께서도 아시겠지만, 저는 언제나 최선을 다해 살아왔습니다. 그러니 져도 후회하지 않을 겁니다."

담담하게 말하는 최강철을 보며 정우석은 작은 한숨을 몰아쉬었다.

여전히 당당하다.

져도 괜찮다는 그의 말을 듣는 순간, 가슴이 콱 막히는 충격이 다가왔다.

오랫동안 정치를 해온 자신과 생각하는 것 자체가 완전히 다르다는 것을 확인하며 정우석은 가슴 한편이 서늘하게 식는 느낌을 받았다.

이런 것이구나.

지는 것을 두려워하지 않는 투지.

그런 투지가 있었기에 대한민국을 사로잡은 영웅이 되었을 테지.

＊　　　　＊　　　　＊

　최강철이 마지막 경기를 위해 미국으로 떠나는 날 공항은 그 어떤 때보다 차분했다.

　승리를 기원하는 마음과 마지막이라는 슬픔이 공존했기 때문이다.

　최강철은 성황리에 배웅을 받으며 일행과 함께 비행기에 올랐다.

　윤성호와 이성일의 표정 역시 굳어 있었다.

　그들 또한 이번이 마지막이란 사실 때문에 떠나는 게 편하지 않은 것 같았다.

　최강철이 은퇴와 챠베스와의 결전에 대해 말을 꺼냈을 때, 윤성호와 이성일은 생각한 것과 다르게 차분한 모습으로 받아들였다.

　그들은 각오하고 있던 게 분명했다.

　오랜 세월을 최강철과 함께했으니 그의 생각은 곧 그들의 생각이기도 했다.

　"난 체육관을 정리할 생각이다. 한국 생활을 정리하고 미국에서 터전을 잡을 생각이야. 인혜 씨와 그렇게 하기로 결정했다."

"잘하셨네요. 인혜 누나가 무척 좋아하죠?"

"그래, 좋아 죽으려고 하더라."

"미국에서는 뭐 할 겁니까?"

"글쎄, 아직 생각해 보지 않았다."

"그럼 엔터테인먼트 회사를 만드세요."

"그게 뭔데?"

"영화에 전문으로 투자하는 회삽니다."

"인마, 난 영화에 대해서 잘 몰라. 영화를 본 적이 언젠지 기억도 나지 않는다."

"내가 가르쳐 드릴게요. 그리고 마이다스 CKC의 도움을 받으면 될 겁니다."

"정말이냐?"

"그럼요. 성일이도 마찬가지야. 너도 특별히 할 일 없을 테니까 한국에 엔터테인먼트 회사를 차려."

"나, 부자 되게 만들어줄 거야?"

갑자기 자신을 언급하자 이성일이 반색하며 눈을 번쩍 떴다.

그렇지 않아도 고민이 많았는데 최강철이 아이템까지 제시해 주자 정신이 번쩍 든 것이다.

"내가 엔터테인먼트 회사에 대한 정보하고 창립 절차에 대한 건 모두 준비해 줄 테니 이번 경기 끝나면 거기에 올

인해."

"영화만 하는 거냐?"

"영화와 음악, 그리고 공연까지."

"그게 될까? 괜히 돈만 날리는 거 아니지?"

"이 자식아, 넌 돈도 다 까먹어서 얼마 없잖아. 내가 빌려줄 테니까 그거 가지고 열심히 해봐."

"아우, 또 그 소리. 이 자식은 꼭 공짜로 빌려주는 것처럼 말한다니까. 이자 꼬박꼬박 받을 거면서."

"크크크, 세상에 공짜가 어디 있어?"

최강철이 유쾌하게 웃었다.

그들에 대한 생각을 해둔 건 오래전의 일이다.

자신이 은퇴하면서 이들을 그냥 방치한다는 건 절대 있을 수 없는 일이었다.

*   *   *

2000년 5월 27일.

세계가 숨을 죽였다.

무려 20년 동안 링을 누비며 폭풍처럼 싸워온 허리케인 최강철의 마지막 시합이 열리기 때문이었다.

상대는 신이 빚어낸 복서, 슈퍼라이트급 챔피언 홀리오 세

자르 챠베스였다.

챠베스는 시합이 결정된 후 언론에 이런 말을 남겼다.

"솔직히 말해서 허리케인과 싸우고 싶지 않았습니다. 제가 웰터급으로 올라간다면 그의 상대가 되지 않았을 테니까요. 그가 체급을 내리겠다고 했을 때 한없이 부끄러워 쥐구멍으로 들어가고 싶었습니다. 제가 가지고 있지 못한 그의 용기와 끝없는 도전 정신에 진심으로 박수를 보냅니다. 하지만 저 역시 슈퍼라이트급에서라면 영광스럽게 그와 자웅을 결할 수 있을 걸로 생각합니다. 오십시오, 허리케인. 나는 그대의 마지막 상대로서 한 점 부끄럼 없이 최선을 다해 준비하겠습니다."

드디어 결전이 다가온 MGM 호텔 주변은 인산인해를 이루었다.

허리케인의 마지막 경기를 보기 위해 부자들은 지갑을 아낌없이 열었는데 링 사이드의 암표가 2만 달러를 호가할 정도였다.

뉴욕의 불빛이 하나둘 들어오면서 MGM으로 사람들이 몰려들기 시작했다.

휘황찬란한 조명이 들어온 순간부터 사람들의 함성이 끊임없이 이어졌다.

흥분과 전율.

두 영웅의 마지막 전쟁을 보기 위해 들어온 사람들은 잠시도 자리에 앉지 않고 두 영웅의 출전을 간절히 기다리고 있었다.

『기적의 환생』 13권에 계속…

초대형 24시 만화방

신간 100%, 샤워실, 흡연실, 수면실(침대석), 커플석, 세탁기 완비

▪ 광명 광명사거리역점 ▪

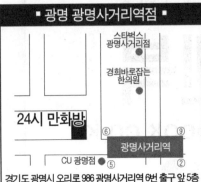

경기도 광명시 오리로 986 광명사거리역 6번 출구 앞 5층
02) 2625-9940 (솔목타워 5층)

▪ 강북 노원역점 ▪

서울 노원구 상계동 340-6 노원역 1번 출구 앞 3층
02) 951-8324 (화용빌딩 3층)

▪ 일산 정발산역점 ▪

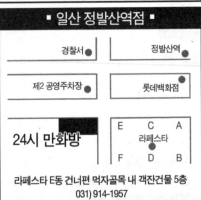

라페스타 E동 건너편 먹자골목 내 객잔건물 5층
031) 914-1957

▪ 일산 화정역점 ▪

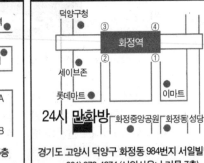

경기도 고양시 덕양구 화정동 984번지 서일빌딩 7층
031) 979-4874 (서일사우나 건물 7층)

▪ 부천 역곡역점 ▪

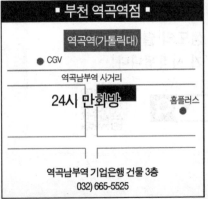

역곡남부역 기업은행 건물 3층
032) 665-5525

▪ 부평역점 ▪

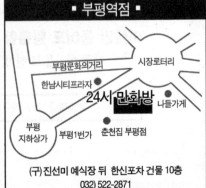

(구) 진선미 예식장 뒤 한신포차 건물 10층
032) 522-2871

FUSION FANTASTIC STORY

재능 넘치는 게이머

덕우 장편소설

프로게이머가 된 지 약 반년 만에
세계 챔피언이 된 강민허.
그리고 이어지는 그의 돌발 선언.

"저, 강민허는 오늘부로 트라이얼 파이트 7
프로게이머에서 은퇴하겠습니다."

"로인 이스 온라인에서 다시 한번
세계 최고의 자리에 올라서겠습니다."

**프라이드 강, 강민허.
그의 새로운 도전이 시작된다!**

Book Publishing CHUNGEORAM

유행이 아닌 자유추구 -
WWW.chungeoram.com

MODERN FANTASTIC STORY

강준현 현대 판타지 소설

주무르면 다고침!

희귀병을 고치는 마사지사가 있다?

트라우마를 겪은 후 내리막길을 걸어온 한두삼.
그는 모든 걸 포기하고 고향으로 향하게 된다.
그리고 그곳에서 특별한 능력을 얻게 되는데…….

"도대체 나한테 무슨 일이 생긴 거지?"

한두삼,
신비한 능력으로 인생이 뒤바뀌다!

Book Publishing CHUNGEORAM

검선마도

조돈형 新 무협 판타지 소설

FANTASTIC ORIENTAL HEROES

매화가 춤을 추고 벽력이 뒤따른다!

분심공으로 생각과 행동을
둘로 나눌 수 있게 된 풍월.

한 손엔 화산파의 검이, 다른 한 손엔 철산도문의 도가.
그를 통해 두 개의 무공이 완벽하게 하나가 된다.

검과 도, 정도와 마도!
무결점의 합공이 시작된다.

Book Publishing CHUNGEORAM

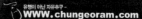

유행이 아닌 자유추구 -
WWW.chungeoram.com

FUSION FANTASTIC STORY

초인의 게임

니콜로 장편소설

지저 문명의 침략으로 멸망의 위기에 빠진 인류.
세계 최고의 초인 7명이 마침내 전쟁을 종식시켰으나
그들의 리더는 돌아오지 못했다.

그리고 17년 후.

"서문엽 씨!
기적적으로 생환하셨는데 기분이 어떠십니까?"
"…너희 때문에 X같다."

죽어서 신화가 된 영웅.
서문엽이 귀환했다.

Book Publishing CHUNGEORAM